大
方
sight

[英] 佩内洛普·菲茨杰拉德 著
熊亭玉 译

蓝花

THE BLUE FLOWER

Penelope Fitzgerald

中信出版集团｜北京

图书在版编目(CIP)数据

蓝花／(英)佩内洛普·菲茨杰拉德著；熊亭玉译
--北京：中信出版社，2019.5（2021.2重印）
书名原文：The Blue Flower
ISBN 978-7-5217-0129-6

Ⅰ.①蓝… Ⅱ.①佩… ②熊… Ⅲ.①长篇小说-英国-现代 Ⅳ.①I561.45

中国版本图书馆CIP数据核字(2019)第034528号

THE BLUE FLOWER

Previously published in paperback by Flamingo in 2002 and 1996
First published in Great Britain by Flamingo in 1995
Copyright © Penelope Fitzgerald 1995
Introduction © Candia McWilliam 2013
Translation © CHINA CITIC PRESS 2019 translated under licence from HarperCollins Publishers Ltd.
Simplified Chinese translation copyright © 2019 by CITIC Press Corporation
ALL RIGHTS RESERVED
本书仅限于中国大陆地区发行销售

蓝花

著　　者：[英]佩内洛普·菲茨杰拉德
译　　者：熊亭玉
出版发行：中信出版集团股份有限公司
　　　　　(北京市朝阳区惠新东街甲4号富盛大厦2座　邮编　100029)
　　　　　(CITIC Publishing Group)
承　印　者：河北鹏润印刷有限公司

开　　本：889mm×1194mm　1/32　印　张：9.75　字　数：163千字
版　　次：2019年5月第1版　　　印　次：2021年2月第2次印刷
京权图字：01-2019-0344
书　　号：ISBN 978-7-5217-0129-6
定　　价：55.00元

版权所有·侵权必究
凡购本社图书，如有缺页、倒页、脱页，由销售部门负责退换。
服务热线：400-600-8099
投稿邮箱：author@citicpub.com

目 录

第一章	洗衣日	001
第二章	书房	007
第三章	伯恩哈德	011
第四章	伯恩哈德的红帽子	015
第五章	海因里希·冯·哈登贝格男爵的个人史	021
第六章	威廉叔父	026
第七章	男爵和法国大革命	031
第八章	在耶拿	036
第九章	学生生活的一件事	042
第十章	钱的问题	046
第十一章	意见不同	050
第十二章	不朽之感	055
第十三章	尤斯特一家	059
第十四章	在滕施泰特的弗里茨	063
第十五章	尤斯滕	067

第十六章	耶拿圈子	071
第十七章	意义是什么?	074
第十八章	洛肯提恩一家	079
第十九章	十五分钟	085
第二十章	欲望的本质	090
第二十一章	下雪了	094
第二十二章	现在,让我来了解她吧	098
第二十三章	我无法理解她	107
第二十四章	兄弟	111
第二十五章	魏森费尔斯的圣诞节	116
第二十六章	曼德尔斯洛夫人	123
第二十七章	伊拉斯谟拜访卡罗利妮·尤斯特	130
第二十八章	索菲的日记,1795	134
第二十九章	读第二遍	136
第 三 十 章	索菲的画像	143
第三十一章	我画不了她	148
第三十二章	通往内心的路	156
第三十三章	在耶拿	160
第三十四章	花园别墅	164
第三十五章	索菲冷到了骨子里	168
第三十六章	霍夫特·埃布德医生	171

第三十七章	疼痛是什么？	174
第三十八章	卡罗利妮在格吕宁根	177
第三十九章	争吵	182
第 四 十 章	如何管理盐矿	185
第四十一章	十四岁的索菲	192
第四十二章	花园里的男爵夫人	198
第四十三章	订婚宴	207
第四十四章	未婚妻	216
第四十五章	她必须去耶拿	227
第四十六章	客人	230
第四十七章	施塔克教授的治疗	239
第四十八章	去施洛本	246
第四十九章	罗泽客栈	252
第 五 十 章	一场梦	259
第五十一章	1796年秋天	263
第五十二章	伊拉斯谟来帮忙	266
第五十三章	拜访克格尔老师	269
第五十四章	代数和鸦片酊一样，都能镇痛	272
第五十五章	克格尔老师上课	275

| 后记 | 283 |
| 附录 | 285 |

作者注

弗里德里希·冯·哈登贝格（1772—1801）以诺瓦利斯为名享誉文坛，本书以他出名前的人生为基础写成。1960—1988年，岛屿出版社出版了他所有现存的作品，以及来往信件、日记、官方和私人文件，共五卷。这套书最初的编辑是理查德·塞缪尔和保罗·克鲁克霍恩，我深深感谢他们所做的工作。

没有麻醉剂的手术的描写主要取自范妮·伯尼给她姐姐埃丝特·伯尼的信件（1811年9月30日）[1]，信中描写了自己的乳房切割手术。

---

[1] 范妮·伯尼（1752—1840）即达尔布莱夫人，是英国著名讽刺小说家、剧作家，共创了四部小说。她留下了大量日记和书信，死后被广泛出版。——编者注

小说源于历史的缺限。

——F. 冯·哈登贝格,后来的诺瓦利斯

《碎片和研究》(*Fragmente und Studien*),1799—1800

第一章
洗衣日

*

那天,雅克布·迪特马尔勒到了朋友家,他又不傻,一眼就看出来这家人今天洗衣服,是洗衣日。这样的日子,他们到哪家都不方便,更何况这是一栋大房子,是魏森费尔斯第三大的房子,就更不方便了。迪特马尔勒的母亲每年三次监督洗衣服,所以家里人用的床单和白色内衣只够维持四个月。他自己有八十九件衬衣,多一件都没有。但是,据他判断,这座位于修道院街的哈登贝格府邸应该是一年只洗一次,脏兮兮的床单、枕套、靠垫套、背心、紧身衣和内裤乌压压地从楼上的窗户扔到院子里,仆人们无论男女都一脸严肃,正在把从天而降的东西收拾到巨大的篮子里。有这样的场景,房子主人的家底可能并不雄厚,事实上,他也知道自己朋友家并不是豪门。但这样的场景绝对说明这家人源远流长,而且是个超级大家庭。孩子的内衣、年轻人的内衣,还有更大号的内衣在通透的蓝天下翩翩而落,就像是孩子们在满天飞一样。

"弗里茨,你这次带我来,怕是遇上了不方便的时候了。你该告诉我的。你看,对于贵府而言,我就是个陌生人,而你家里正忙着处理堆积如山的贴身衣物。"

"我哪里知道他们什么时候洗衣服呢?"弗里茨说道。"不管什么时候,你都是备受欢迎的。"

"男爵少爷,您踩着没有分好的衣服了。"管家从一楼的窗户探出头来说道。

"弗里茨,你家有多少人啊?"迪特马尔勒问道,"这么多东西?"接着,他突然大声说道:"本来就没有东西这个概念呀!"

弗里茨领着迪特马尔勒穿过院子,然后停了下来,环视四周,以一种权威的口气大声叫道:"先生们!眼睛盯着洗衣篮子吧!别想其他的,就想洗衣篮子!想什么呢?好了,先生们,脑袋里不要想别的,只想洗衣篮子这件事!"

房子里的狗开始吠叫。弗里茨叫住一个拿着篮子的仆人,问道:"我父亲和母亲在家吗?"其实没必要问,他母亲总是在家。这时,从房子里出来两个人,一个是比弗里茨还要年轻的小伙子,矮个子,不修边幅;另一个是金发女孩。"我弟弟伊拉斯谟和妹妹西多妮,至少他们在家。

只要他们在，也就够了。"

这两个人冲上来抱住了弗里茨。"你家里到底有多少人？"迪特马尔勒再次问道。西多妮把手伸给了迪特马尔勒，面带微笑。

"这可好，我站在一堆桌布中间，还被弗里茨·哈登贝格的妹妹搞得心慌意乱，"迪特马尔勒想着，"本不想遇到这样的事情。"

她说："卡尔不知道在哪儿，有安东，还有伯恩哈德，当然了，另外还有几个。"哈登贝格男爵夫人站在房子里，她个头小得似乎可以忽略不计。"母亲，"弗里茨说，"这是雅克布·迪特马尔勒，我和伊拉斯谟在耶拿读书的时候，他也在那儿。现在，他是医学教授的副助理了。"

"还算不上呢，"迪特马尔勒说道，"希望以后是吧。"

"您知道，我去耶拿拜访朋友，"弗里茨继续说道，"就借机邀请他到我们家待上几天。"男爵夫人眼神中带着一丝恐惧地看着迪特马尔勒，像是野兔受惊的样子。"迪特马尔勒得喝上一点白兰地，才能活跃上几个小时。"

"他不舒服？"男爵夫人沮丧地问道，"我叫管家来。""我们不需要叫管家吧，"伊拉斯谟说道，"您肯定有餐厅的钥匙。""我当然有。"男爵夫人用恳求的眼神看着伊拉斯谟。"没必要，我有钥匙，"西多妮说道，"自从姐姐结婚后，我就有钥匙了。还是我带你们去食品储藏室吧，就这样决定了。"男爵夫人打起精神，欢迎儿子的朋友来家做客。"现在，我丈夫没法接待你，他在祈祷呢。"免了待客的折磨，男爵夫人松了一口气。这三个人走过破旧的房间，穿过更为破旧的走廊，四处摆放的家具倒是精工制作的，但也都明显老旧了。紫红色的墙面上有不同色调的矩形，肯定是以前挂画框的地方。到了储藏室，西多妮倒上了白兰地，伊拉斯谟举杯道："干杯！耶拿万岁！万岁！"

"有什么好欢呼万岁的，我还真不明白。"西多妮说道。"弗里茨和伊拉斯谟在耶拿不过是浪费钱，染一身的跳蚤，还有就是听哲学家胡说八道。"她把储藏室的钥匙交给了哥哥们，就回去找母亲。她母亲还站在刚才那儿，一点都没挪过位置，她正在盯着仆人们忙上忙下准备大清洗。"母亲，您可以不可以给我一点钱呢，有五六个塔勒[1]就好，我好为客人多做一些安排。""亲爱的，还要什么安排呢？房间里有张床，他可以睡在那里啊。""是的，但那儿也是仆人们储藏蜡烛的地方，而且他们白天得空的时候，还在那儿读《圣经》呢。""但是，亲爱的孩子，这个人白天为什么要到房间里去呢？"西多妮说，她觉得

---

[1] 旧银币名，曾在欧洲流通近四百年。（若无特别说明，本书注释均为译注）

这人白天可能有要写东西的时候。"写东西!"她母亲重复道,完全糊涂了。"是啊,如果要写东西,他还得需要一张桌子,"西多妮趁机继续说道,"还有,如果考虑到他要洗漱,还需要一个水罐、盆子,对,还有装脏水的桶。""但是,西多妮,难道他不能在压水井下洗吗?你的兄弟们都是这样洗的。""房间里还没有椅子,晚上他也没地方放衣服。""衣服!现在这个天气,晚上脱衣服睡也太冷了点。我自己晚上就不脱衣服,就算是夏天也不脱,这样大概也有十二年了吧。""但你还生了我们八个!"西多妮大声叫道,"上帝啊,我结婚了,才不要像您这样!"

男爵夫人并没有留心听她说话。"还有一件事,你没有考虑到——你父亲可能会不高兴。"西多妮并不以为然,大人继续说,"这个迪特马尔勒必须习惯父亲的方式,还得习惯我们做事的方式,要不就让他收拾行李走人。"

"那如果是这样,他也该习惯我们的客房,不是吗?我们过着简朴而虔诚的生活,弗里茨应该告诉他了。"

"为什么虔诚的生活就不能要个装脏水的桶了?"西多妮问道。

"瞧你说的什么话啊。西多妮,是不是我们的家让你难为情了?"

"就是难为情了。"她十五岁,像一团燃烧的火焰。急躁转化成了一种精神力量,奔流在哈登贝格家所有年轻人的身上。这时,弗里茨倒是想带着朋友到河边的纤道上散散步,谈一谈诗歌和男人的使命。"我们在哪儿都可以谈论这些东西。"迪特马尔勒说道。"所以,我想让你看一看我的家,"弗里茨对他说,"我们是守旧的家庭,魏森费尔斯的人都挺守旧的,但是我们生活安宁,这里就是家乡。"这时,之前在院子里收拾衣服的仆人换上了黑色的布料外套,出现在门口,说主人很乐意在晚餐前见一见儿子的客人,地点是书房。

"老家伙在他的巢穴里。"伊拉斯谟大声叫道。

迪特马尔勒觉得有几分尴尬。"与你父亲见面,是我的荣幸。"他对弗里茨说道。

第二章
书房

*

书房里光线昏暗,男爵礼貌地站起来迎接客人。出人意料的是,迪特马尔勒看到的是个身材结实的矮个子男人,他戴着一顶挡风的法兰绒睡帽。长得像他们父亲的人肯定是伊拉斯谟。他们母亲的个头小得就像一张小纸片,而弗里茨却长得又高又瘦,这体形又是从哪里来的呢?男爵立刻就开口说话了,一有机会,他的想法就滔滔不绝地表达出来。长子弗里茨这一点倒是和他父亲如出一辙。

"尊敬的先生,我来到贵府……"迪特马尔勒心情紧张,刚开了个头,男爵立刻就打断了他的话:"这不是我的房子。没错,我是从冯·皮尔萨的遗孀手里买下了这房子,当时我被任命为萨克森州盐矿管理局的主任,我不得不住在魏森费尔斯,就买下这房子来安顿家人。但哈登贝格家族的产业,我们真正的家和土地是在曼斯菲尔德郡的上维德施塔特。"迪特马尔勒礼貌地回答说,希望自己有机会能拜访上维德施塔特。"你什么都看不到了，只有一片废墟，"男爵说道，"还有饥肠辘辘的牛。但那是祖上的产业，我们是有祖业的人，正因为如此，我才要借此机会问一问你，我的长子弗里茨是不是真的和一个中产家庭的年轻女子搞在了一起。"

"我从未听闻过他和谁搞在一起，"迪特马尔勒愤慨地说道，"但是，我觉得他是一位诗人，是一位哲学家，无论如何，我想都不应该用常人的标准来衡量他。"

"以后他就是盐矿的副督察，"男爵说道，"但是，我明白了，审讯你是不对的。欢迎你来做客，你也就像我的儿子了，我多提几个关于你的问题，你不会介意吧。你多大了？以后打算干什么呢？"

"我二十二岁，我正在学习，打算成为外科医生。"

"你听从你的父亲吗？"

"男爵先生，我父亲已经去世了。他是一位石膏师傅。"

"我没问你那个。你知道家人去世的滋味吗？"

"知道，先生，我的两个小弟弟死于猩红热，一个妹妹死于肺结核，都发生在一年之内。"

男爵先生脱下了帽子，显然是为了表示对逝者的尊重。"一点忠告。作为一个年轻人，一个学生，如果你渴望女性，内心煎熬，最好多到户外呼吸新鲜空气。"他在书房里转了一个圈，房间的四壁摆放着书架，有些书架上是空的。"另外，一个星期你会花多少时间修炼心灵，嗯？多少时间读书？注意了，不是祈祷书。多少钱花在新外套上呢，而且不解释为什么旧外套不能穿了？多少钱，嗯？"

"男爵先生，您问我这些问题是旨在批评您的儿子。而您刚刚才说过了，不再审讯我。"

哈登贝格算不上真正的老人，他的年龄在五十到六十之间，但是他像个老人一样垂着脖子，低着脑袋瞪着雅各布·迪特马尔勒。"没错，非常正确。我的确是瞅准了这个机会。机会就是诱惑，换了一个词而已。"

他把一只手放在了客人的肩膀上。迪特马尔勒有点慌乱，不知道男爵是在往下推自己，还是倚靠在了他身上，也许两者兼有。显然男爵是习惯了倚靠在身体更好的人身上，也许是他强壮的儿子们，甚至是他的女儿。迪特马尔勒感觉到自己的肩胛骨承受不住了。他心想，这个样子真够狼狈，但自己好歹还跪着，而哈登贝格则是撑不住了，男爵在往下栽，他对自己的衰弱感到恼怒，先是抓住了橡木书桌厚实的一角，然后又抓住桌子腿。这时门打开了，那个仆人又回来了，这次穿着绒拖鞋。

"男爵先生，要把炉子点燃吗？"

"戈特弗里德,过来跟我们跪在一起。"

于是老仆人艰难地跪在了主人身边。他们看上去就像是一对老年夫妇,一起点头对账本。等到男爵先生大声叫道"小东西们到哪里去了"的时候,这种感觉就更强烈了。

"仆人的孩子吗,老爷?"

"当然,还有伯恩哈德。"

第三章
伯恩哈德

*

哈登贝格府邸有一位小天使,奥古斯特·威尔海姆·伯恩哈德,金发的小家伙。夏洛特长相平凡,像母亲一般慈爱;弗里茨是长子,脸色苍白,大大的眼睛;小伊拉斯谟又矮又胖;卡尔随和;西多妮坦率大度;安东勤勉肯干,最小的就是这位金发的伯恩哈德。小伯恩哈德穿上马裤那一天,他母亲真是受不了了。[1] 她很少为自己要求什么,那一天却求着弗里茨。"去吧,到你父亲那儿,请他,求一求他,让我的小伯恩哈德继续穿罩衣吧,就只多穿一段时间。""母亲,我能说什么呢,伯恩哈德已经六岁了。"

西多妮心想,伯恩哈德已经够大了,应该懂得待客之

---

[1] 马裤对当时的"小男孩"来说是一种年龄的体现。在能够穿马裤之前,小孩有自己的服装,下文提到的"罩衣"便是其中之一。这一传统保持到19世纪末,穿马裤的年龄也从6—8岁降至3岁。——编者注

道了。"伯恩哈德,我不知道他要待多久。他带了好大一个旅行箱。"

"他的旅行箱里装满了书,"伯恩哈德说道,"他还带了一瓶烈酒。我敢说,他原以为我家没有这样的东西。"

"伯恩哈德,你到他房间去了。"

"是的,我去了。"

"你打开了他的旅行箱。"

"是的,想看看里面有什么。"

"那你有没有关上箱子呢?"

伯恩哈德犹豫着。他记不清楚了。

"嗯,好吧,这一点不重要,"西多妮说道,"你必须去向迪特马尔勒先生道歉,请求他的原谅。"

"什么时候?"

"傍晚之前吧。不过,现在就去道歉,最好了。"

"我没什么好对他说的!"伯恩哈德叫道。"我没有弄坏他的东西。"

"你知道父亲不怎么惩罚你,"西多妮哄着他说道,"惩罚我们就不一样了。也许他只会让你反穿外套几天,就这点惩罚,提醒你而已嘛。晚餐前我们听点音乐,然后我就带你去找客人,你就握着他的手,轻轻告诉他就好。"

"我烦死这栋房子了!"伯恩哈德大叫一声,冲了出去。

弗里茨正在菜园子里，在菜地里来回走动，一边呼吸蚕豆花的芬芳，一边高声朗诵。

"弗里茨，"西多妮叫他，"我找不到伯恩哈德了。"

"不可能。"

"刚才我在早餐室责备他，他就从我身边逃走了，他越过窗台，跳进了院子里。"

"有没有打发仆人去找？"

"弗里茨，最好不要。仆人会告诉母亲的。"

弗里茨看着她，合上了书，说那他就去找小弟吧。"如果有必要，我会拽着他的头发，把他拖回来的。但是你和伊拉斯谟就得陪着我朋友了。"

"你朋友这会儿在哪？"

"在他房间里休息。见了父亲，累坏了。顺便说一下，他的房间被翻了个底朝天，行李箱也打开了。"

"他生气了？"

"一点也不。他觉得我们在魏森费尔斯可能就是这样吧，习俗之一。"

弗里茨穿上了粗呢外套，一点都没有犹豫，就顺着河边往下。在魏森费尔斯，所有人都知道，小伯恩哈德可是个水耗子，绝对不可能淹死。但弗里茨不会游泳，他的父亲也不会。男爵先生之前在汉诺威军队服役八年，多次参加军事行动，渡过很多条河，没觉得有必要学游泳。而伯恩哈德一直生活在水边，仿佛不游泳就没法活。伯恩哈德总是在渡口附近闲逛，上船要付费三个芬尼，他总是指望不付钱就能渡河。他的父母对此一无所知。全镇子的人都好心地保守着这个秘密，不让男爵知道，一方面是考虑到他的虔诚，另一方面是不想惹他的暴脾气。

太阳已经落下了，天空还有点亮光。水面上升腾起了薄雾。那个小男孩并不在渡口。渡口边有几头猪，还有一群鹅，魏森费尔斯有座桥很漂亮，这些动物禁止在上面通行，所以它们只好在渡口边等候最后一班渡船。

第四章
伯恩哈德的红帽子

*

弗里茨第一次感到了害怕。他的"想象力"飞驰,回到了修道院街,在大门口遇到了管家。但是,少主人,你扛的是什么呀?一路都在滴水呢,地板上全是水,我要对此负责。

他的母亲一直都认为伯恩哈德注定要成为一名侍从官,如果不是萨克森选帝侯[1]宫廷的侍从官,那就是曼斯菲尔德伯爵家,或是布伦瑞克-沃尔芬比特尔公爵家的侍从官。用不了多久,弗里茨的职责之一就是拉着小兄弟,在各大家族露面,指望给他找到合适的位置。

桥下面,靠近岸边的地方有几个筏子,岸边有成堆的松木原木,锁上了链子,等待着登上下一段旅程。一个看守手里拿着一串钥匙,正在开小屋门。"看守先生,你有

---

[1] 德意志历史上的一种特殊现象。指拥有选举"罗马人的皇帝"权利的诸侯。

没有看到有个小男孩跑过?"

这个时候,小男孩该在家吃晚饭吧,看守说道。但是他是个小坏蛋,没有回家吃饭。"看,纤道上没有人呢。"

对岸停泊了几只空驳船,等待维修。弗里茨在桥上飞速奔跑。所有的人都看见他了,他的外套都飞起来了。难道男爵没有仆人可以打发出来找人吗?驳船系着缆绳,在水里摇来晃去,互相碰撞。弗里茨从码头上往下一跳,大约有四英尺的距离,落在了最近的甲板上。甲板上一阵急促的脚步声,就像是一只比狗还大的动物在跑。

"伯恩哈德!"

"我才不要回去!"伯恩哈德叫道。

孩子跑到甲板的另一端,不敢跳到另一只船上,就翻过船缘,双手紧扣船边,双脚乱蹬,想要找个支撑点。弗里茨抓住了他的手腕,就在这个时候,拴在一起的驳船不知怎么摇晃起来,互相碰撞,伯恩哈德还挂在船边,被挤压在两船之间,困住了。就像是空气从气球中冲出来,孩子发出可怜的咳嗽声,眼泪夺眶而出,脸涨得通红。

"怎么才能把你弄出来?"弗里茨断然说道,"你就是个讨厌鬼。讨厌鬼!"

"别管我,让我去死!"伯恩哈德呼哧呼哧地说道。

"得朝前挪一段距离,我才能把你拉上来。"可是孩子卡在两船之间，就像是没有了求生的本能，弗里茨只能一个人拖着拽着把他往前挪，气得大声咒骂。如果是在河的另一边，还有行人过来搭把手，可是现在呢？弗里茨心想，从对岸看过来，恐怕人们会以为他在行凶吧。驳船之间的缝隙越来越小，弗里茨看见水面泛着粼粼的波光，他拖着这个孩子，就像是拖着一个湿麻袋。孩子的脸色并不苍白，反而红得像猪肝。

"你也用点力气啊，想淹死吗？"

"淹死了又怎样？"伯恩哈德的声音短促尖锐。"你说过的，死亡没什么大不了，只是改变了状态而已。"

"你烦死了，要理解这句话，你还不够资格！"弗里茨对着伯恩哈德的耳朵大声叫道。

"我的帽子！"

这个孩子非常喜欢自己的红帽子，可是现在帽子不见了。一颗门牙也不见了，同时不见的还有他的马裤。他现在只穿着一条棉布长裤。弗里茨爱他的弟弟，正在救他的弟弟，可是突然感到一阵盛怒，大多数救人者都是这样。"你的帽子没了，肯定都漂到易北河了。"可是他又因自己的愤怒感到羞愧。弗里茨把小男孩拉了上来，背在背上，驮他回家。驮在背上的伯恩哈德缓了过来，说道："我能对大家挥手吗？"

弗里茨不得不顺着这一排驳船走到尽头，那里有一截竖直的铁制台阶，可以爬到河岸上去。他只好背着伯恩哈德爬了上去。

孩子一点力气都不肯用的时候，那副身体真是死沉死沉的。

弗里茨也不可能这个样子就回修道院街。但他俩不在，家里的西多妮和伊拉斯谟在晚餐前的音乐时间也得解释一番。在魏森费尔斯，弗里茨要把身上弄干，可以去很多地方。再次从桥上走过来，他只沿着萨勒河走了一小段距离，就两次左拐，一次右拐，走进了泽韦林的书店，店里还亮着灯。

书店里没有顾客。泽韦林一张苍白的脸，身上穿着工作服，正在仔细查看一份破破烂烂的表单，旁边是安了反光镜的蜡烛。书店主人其他的书都不爱读，就爱读这样的表单。

"亲爱的哈登贝格！没想到你会来。哦，请你把弟弟放在报纸上。这是昨天的《莱比锡报》。"他对任何事情都不会惊讶。

"弟弟羞死了，"弗里茨一边说话，一边放下了伯恩哈德，"他跑到驳船上去了。至于怎么搞得一身是水，我就不知道了。"

"小傻瓜呀小傻瓜。"泽韦林宠溺地说道，但是他溺爱的是弗里茨。小孩子只会在书上乱写乱画，泽韦林并不喜欢孩子。他走到书店的最后面，打开了一个木箱子，拿出一件针织的大披肩，很土的那种。

"把衬衣脱下来吧，我把你裹上，"他说道，"你哥哥也不必把披肩还给我了。你为什么要惹这么多麻烦呢？你想要开船离开，不要你父母了吗？"

"当然不是，"伯恩哈德轻蔑地说道，"停靠在那里的驳船都是坏的。没法航行，没有帆。我不想航行，我想要淹死。"

"我可不信，"泽韦林回答道，"我真希望你没有说这样的话。"

"他喜欢水。"弗里茨觉得要为弟弟辩护一下了。

"显而易见的。"

"真的，我也喜欢水，"弗里茨大声说道，"所有的元素当中，水最棒了。只是触摸到水，就会快乐。"

书店的地板上滴了这么多水，泽韦林也许并不以此为乐。他已经四十五岁了，在弗里茨看来，他是一个非常理性的人，不会因为生活中的各种意外而心烦气躁。之前他很穷，一事无成，一直都给书店的老板打工，工作非常辛苦，薪水也低，勉强过活。后来书店的老板死了，他娶了老板的遗孀,成了书店的老板。当然了,魏森费尔斯所有的人都知道这件事,并且对此表示赞同。这正是他们眼中的智慧。

然而,泽韦林很看重诗歌,几乎跟他的表单一样看重。哈登贝格是他的忘年交,如果这个年轻人不必做盐矿的督察,能够继续做诗人,那就好了。

接着,兄弟俩就往家走,一路上,伯恩哈德继续抱怨红帽子丢了。红帽子是他惟一的可以彰显自己叛逆精神的东西。

"我都不知道你怎么会有顶红帽子,"弗里茨对他说道,"如果父亲看到红帽子,肯定会让仆人扔到垃圾堆里。你就把这一切当作教训吧,以后不要再去翻看客人的私人物品。"

"共和国里就不应该有私人物品。"伯恩哈德说道。

第五章

海因里希·冯·哈登贝格男爵的个人史

*

海因里希·冯·哈登贝格出生于1738年。还只是个孩子的时候,他就继承了曼斯菲尔德郡、维珀河边的上维德施塔特,以及耶拿附近的施洛本农场和庄园。七年战争[1]期间,作为忠诚的臣民,他在汉诺威军队服役。《巴黎条约》[2]签订之后,他才退役。后来就结婚了,到了1769年,维珀河沿岸的镇上爆发了天花,他年轻的妻子得病死了。男爵照料那些病人和垂死的人,家里买不起墓地的,他就让这些人埋在上维德施塔特,以前那里曾是修道院,还有一些墓地。他的宗教信仰发生了深刻的改变——"但是我没有啊!"伊拉斯谟说道,等到他长大了,看到房子

---

[1] 七年战争发生在1754—1763年,主要冲突则集中于1756—1763年。当时欧洲的主要强国均参与了这场战争,其影响覆盖了欧洲、北美、中美洲、西非海岸、印度以及菲律宾。
[2] 1763年法国、西班牙与英国签订的《巴黎条约》,萨克森、奥地利与普鲁士签订的《胡贝图斯堡条约》共同标志着战争的结束。

边上就是一排排的绿色小土包,他就开始疑惑了。"我没有经历过——他有没有想到过这一点?"

每一座坟前都有一块朴实的墓碑,上面刻着这样的字眼:他,或是她,生于＿＿,卒于＿＿。摩拉维亚人喜欢这样的碑文。男爵现在是摩拉维亚教徒,对于他们而言,人的灵魂要么死了,要么觉醒了,要么就是皈依了。人的灵魂一旦意识到自己处于危险之中,并且意识到那是什么样的危险,就会听到灵魂大声疾呼:他是我主,就会皈依了。

他的第一任妻子去世后,过了一年多,他娶了年轻的表妹伯娜丁·冯·伯尔齐希。"伯娜丁,这个名字真是荒唐!你还有其他名字吗?"是的,她还有个名字是奥古斯特。"好吧,以后我就叫你奥古斯特了。"他温柔的时候,就叫她古斯特。奥古斯特虽然胆小怯懦,却很能生产。十二个月后,大女儿夏洛特出生了。一年之后就是弗里茨。"等到他们要受教育的时候,"男爵当时说,"就把他们送到诺伊迪腾多夫的兄弟会去。"

诺伊迪腾多夫在埃尔福特和哥达之间,是黑尔恩胡特的侨居地。五十年前摩拉维亚人为逃避迫害,聚居在黑尔恩胡特,得以宁静地安顿下来。摩拉维亚人觉得,孩子诞生在了一个有序的世界,这个孩子必须适应这个世界。教育就是让孩子认识到自己在上帝的世界中有着怎样的位置。

诺伊迪腾多夫跟黑尔恩胡特一样，是个宁静的地方。提醒孩子们上课的不是钟声，而是管乐器的声音。这里也是一个要求绝对服从的地方，只有温顺的人才能成为继承人。他们必须三个人一起行动，这样第三个人就可以向传道士汇报其他两个人谈些什么。另外，发火的时候，老师不能惩罚学生，生气的时候就会有失公允，而不公平的惩罚会让人耿耿于怀。

学生要扫地，要照顾牲畜，要晾晒干草，但是绝对不允许互相竞争，也不许参加竞赛游戏。一个星期，他们接受三十个小时的教育和宗教指导。日落时分，所有的学生都必须上床休息，不能发出任何声音，一直要保持到第二天早上五点钟起床为止。每当完成一项集体劳动，比如说给鸡舍刷白墙，大家就会搬出长长的搁板桌，来一顿"友好聚餐"，所有的人都坐下，唱赞美诗，所有的人都喝一杯自酿的白酒，甚至最小的学生也喝一杯。女孩的食宿费是八个塔勒，男孩是十个塔勒（男孩吃得多些，而且还要上拉丁文和希伯来语课）。

长女夏洛特·冯·哈登贝格，像她的母亲，在女子学校表现非常好。她很早就结婚了，如今住在劳西茨。弗里茨生来就是那种有些恍惚，似乎有点迟钝的小男孩。九岁那年他得了一场大病，之后就变聪明了，就在同一年，他被送到了诺伊迪腾多夫。可是仅仅几个月后，传道士就代表长老们，要求男爵把自己的儿子带回家，男爵就问："他到底是哪里不足呢？"传道士非常不愿意对任何孩子做出绝对的批评，解释说弗里茨永远都在提问，又不愿意听取答案。传道士说，我们就以孩子们的教义问答课为例吧。上课的时候，老师问："你是什么？"

答案：我是一个人。

问题：我握住你的手，你能感觉你是一个人吗？

答案：感觉很强烈。

问题：这是什么，不是血肉吗？

答案：是的，是血肉。

问题：你所有的血肉被称作身体。它被叫做什么？

答案：身体。

问题：你怎么才知道人死了？

答案：他们不能说话，也不能再动弹了。

问题：你知道为什么不能说话，不能动弹了吗？

答案：我不知道为什么。

"他回答不出这些问题？"男爵大声说道。

"他可能回答得出，但是他的答案不正确。一个还不到十岁的孩子,他坚持认为身体不是血肉,而是和灵魂一样的东西。"

"但是,这只是一个例子——"

"我还可以列举很多其他的。"

"他还没有学会——"

"他在虚度光阴。在诺伊迪腾多夫,他永远不会得到承认。"

男爵问,难道他儿子身上就没有一点道德的力量吗?传道士避而不答。

可怜的母亲奥古斯特很快就变得病怏怏(但是,她比自己的十个孩子都活得长久,她有十一个孩子),总是一副要找人道歉的样子,她请求自己来教导弗里茨。但是她又能教什么呢?也许可以教一点音乐。男爵从莱比锡雇来一位家庭教师。

第六章
威廉叔父

*

还住在上维德施塔特的时候,哈登贝格一家从不邀请邻居来做客,也不接受邻居的邀请,他们知道这样可能会变得世俗。同时也有拮据的原因。七年战争耗资巨大,腓特烈二世不得不推行国家债券,这对有些忠心耿耿的地主而言,简直是灾难。1780年,哈登贝格家不得不卖掉了四处小型的地产,后来又卖掉了整个默克利茨庄园,所有的东西都拍卖了。现在房子还矗在那里,里面没有任何餐具,没有窗帘,没有牲畜。目光所及,田野都是荒芜的。在上维德施塔特,透过狭窄古老的窗户,可以看到一排排空荡荡的鸽舍。庄园的房子那么大,以前是修道院的教堂,没有什么家当,连一半的空间都没有填满。瓷砖掉了,到处都是修补的痕迹,饱经风霜,排水管松了,雨水就顺着墙面而下,留下斑驳的印记,整个主建筑看上去满目疮痍。干枯的牧场,还有瘟疫死者的墓碑。田野一片荒芜。牛儿在沟渠底下吃草,只有这里还湿润,长了一点草。

施洛本的地产要小一些,但是要赏心悦目得多,这家人有时候会远足出去玩玩。施洛本有水车,有小溪,还有长着青苔的橡树。奥古斯特小心翼翼地说道:"在这里,心可以得到安宁。"但是施洛本跟其他家业没什么两样,都处境艰难。男爵说,这里也不可以欠款,没有什么安宁的。

身为贵族,大多数赚钱的法子对男爵而言都是禁区,但是他还有权为亲王效力。1784年,当时的督察一死,男爵就被任命为萨克森选区盐矿的督察,薪水是650个塔勒,还有柴火特权。中央盐矿办公室在魏森费尔斯,1786年,男爵买下了修道院街的房子。这里不像施洛本,但是奥古斯特如释重负地落下了眼泪,同时她也祈祷,希望别人不要误会了她,以为她是因为不满而哭泣。上维德施塔特凄凉荒僻,家居生活完全脱离时代,离开了那里她只有感激的份。魏森费尔斯有两千居民——两千个活生生的灵魂,这里还有砖厂,有一个监狱,一个济贫院,以前的旧宫殿,一个生猪交易市场。河面上船来船往,大片大片的云朵映照在闪闪发亮的水面上,还有一个医院,星期四市场,干枯的草地,还有好多商店,也许有三十个商店呢。

虽然男爵夫人没有自己的零花钱，也从来没有进过商店，除了星期天，她也很少出门，但是想到周围有这么多的事情，这么多的人，就像是冬日阴晴不定的阳光，也多多少少给了她明媚的心情。

伯恩哈德出生在魏森费尔斯，在1788年那个寒冷的二月。那个时候，弗里茨都快十七岁了，伯恩哈德出生的时候，他并不在魏森费尔斯，他在叔父威廉家里。叔父家在卢克勒姆，位于布伦瑞克-沃尔芬比特尔的公爵领地。那个时候，弗里茨已经超过了他的家庭教师。为了赶上弗里茨，家庭教师必须挑灯夜战地攻读数学和生理学。"无论怎么说，这可不太好，"叔父写信说道，"家庭教师本来就是精神不济的一群人，而黑尔恩胡特镇除了唱赞美诗和做家务就什么都不教，很不适合冯·哈登贝格家族的人。把弗里茨送到我家里来吧，至少来一次。他是十五岁，还是十六岁呢，我记不清楚了。他得懂葡萄酒啊，在魏森费尔斯他是办不到的，那里的葡萄只能用来酿白兰地和醋。他也该知道和体面人在一起，作为一个成年人该如何谈吐。"男爵一如既往地被兄弟的话激怒了，兄弟的语气更是让他无法忍受，仿佛兄弟威廉到这个世上就是为了激怒他的。这位兄弟是显赫人物，而男爵要补充说，"在他自己看来"。威廉是德意志骑士团萨克森区卢克勒姆分部的地方长官。在很多场合，他都在脖子上挂着闪闪夺目的马耳他十字勋章，而且还金色银边大张旗鼓地绣在大衣上。哈登贝格家的孩子都称他为"大十字阁下"。他没有结婚，谦逊有礼，对同僚地主如此，对音乐家、政治家和哲学家也是如此。在这位了不起的人的餐桌旁，这些音乐家、政治家和哲学家聚集一堂，谈天论地，还要符合他的观点。

只待了几个月，威廉就把弗里茨送回了魏森费尔斯，还捎了一封信给他父亲。

卢克勒姆，1787 年 10 月

弗里茨恢复了正常，回到了正道上，这正是我所希望的。对于他年轻的心灵来说，我这里的生活格调太高了。他真是被惯坏了，看到了太多没有见过的形形色色的人，我餐桌上的谈话丰富异常，如果有些东西不适合他听，对他没有益处，也是没有办法的事情……

男爵先生给他弟弟回信，感谢兄弟的盛情，真是无法言说的感激不尽。叔父的裁缝给弗里茨量身定做了白色背心、马裤和绒面呢外套，之所以会有这套衣服，明显是因为弗里茨带去的衣服被认为上不了台面。男爵要把这套新衣服送到摩拉维亚兄弟会,分发给穷人。他们在魏森费尔斯过着简单的生活,没有什么场合需要穿戴这套服饰了。

"弗里茨,我最好的兄弟,你真幸运。"十四岁的伊拉斯谟说道。

"我不确定是不是幸运,"弗里茨说道,"幸运也是有规则的,如果掌握了规则,幸运也就不是幸运了。"

"你说得对,但是想想啊,每天晚上都有晚宴,坐在那里想喝多少就有多少,杯子里总是盛着上好的葡萄酒,还有那些重要人士高谈阔论,我不知道……他们谈论些什么呢?"

"自然哲学、流电学、动物磁力和共济会。"弗里茨说道。

"我不信。你喝了葡萄酒,没记清楚。然后到了晚上,漂亮的女人踮着脚尖,走上楼梯,来到了单纯的年轻人门前,轻轻敲响你的房门,胜利!"

"没有女人,"弗里茨对他说道,"也许是因为叔父根本就没有邀请女人。"

"没有女人!"伊拉斯谟大声说道,"那谁洗盘子呢?"

第七章
男爵和法国大革命

*

在魏森费尔斯的家里,到底是哪个时候事情更糟糕呢?是大十字来信的时候?还是母亲的哥哥奥古斯塔·冯·伯尔齐希上尉来访的时候呢?七年战争期间,冯·伯尔齐希和男爵在同一个军营并肩作战,两人的看法却完全不一样。他对普鲁士国王崇拜得五体投地,这位国王支持绝对的宗教信仰自由,普鲁士军队也是特别骁勇善战、诚恳正直。因此,只能有一个结论——

"我知道你心里想要说什么。"男爵仍然是压低了嗓门说道。"你是说,你接受我的推理,"冯·伯尔齐希说道,"你承认宗教和行为端正之间没有联系,或是无法证明有联系。"

"我承认的是:奥古斯塔·冯·伯尔齐希,你是个不折不扣的大傻瓜。"夹在两人中间,男爵夫人觉得非常难受,就像是没怎么磨好的麦子夹在了磨石中间。她睡眠不好,晚上辗转难眠的顾虑之一就是自己的哥哥和威廉有可能同时不期而至。到时候自己该怎么办呢?说点什么、做点什么才能体面地打发其中一个人呢?虽然房子很大,她总是觉得安顿客人很困难。铃声响起,你听到仆人穿过大厅,还没来得及向上帝祈求帮助,所有的事情就压到了你头上。

到了1790年,年轻的弗里茨进入了耶拿大学。历史就像是要跟奥古斯特过不去一样,但是此刻,她见识短浅反倒成了好处,她什么都不懂,一切都跟床单的磨损,或是她哥哥亵渎上帝的言论差不多。就像是潮湿的河风,吹得骨头痛,在她看来,法国翻天覆地的变化不过是惹怒丈夫的另一途径而已。

魏森费尔斯家里的早餐非常节俭。早上六点钟,餐厅的炉子上是一排排的土陶咖啡罐,为了省钱,咖啡里掺有烧焦的胡萝卜灰。桌子上摆的是又大又厚的杯子和碟子,再有就是一大堆白面包。家里人一个两个地穿着睡衣,就像梦游者一样出现了,他们自己从硕大的土陶罐里倒咖啡。一部分咖啡是喝掉了,另一部分是用白面包蘸着吃掉了。谁要是吃完了,就把杯子倒扣在碟子上,断然大叫一声,吃好了!

男孩子们一天天长大了,奥古斯特不喜欢他们在餐厅里逗留。"年轻人,你们在谈论什么?"伊拉斯谟和卡尔靠在炉子旁边暖和身体。"你们知道的,你们父亲不喜欢……"

"他会很喜欢吉伦特派[1]的。"卡尔说道。

"但是,卡尔,这些人可能有新观念。他不喜欢新观念。"

1793年1月,大家正吃着早饭,弗里茨从耶拿回来了,穿着一件蓝色的棉布外套,上面有硕大的铜纽扣,肩膀的地方打着补丁,戴了顶圆帽子。"我去换衣服,然后就过来吃早饭。"

"你有没有带回报纸?"伊拉斯谟问道。弗里茨看着母亲,犹豫地说道:"应该有。"男爵此时坐在桌子的上位。男爵说:"我想你肯定知道自己到底有没有买报纸。"弗里茨把折叠得很小的《耶拿汇报》交给了父亲。弗里茨把报纸放在外面的口袋里,一路从耶拿回来,路上很冷,报纸摸起来冷冰冰的。

男爵先生打开报纸,抚平皱褶,拿出眼镜,专注地开始阅读印得密密麻麻的头版新闻,全家人都沉默不语。一开始他还说,"我看不懂"呢。

---

[1] 吉伦特派是法国大革命时期的一个松散组成的团体,代表当时信奉自由主义的法国工商业资产阶级。

"议会发布令状,指控路易。"弗里茨勇敢地说道。

"是的,这些字,我看到了,但是我不明白这是在说什么。他们要起诉合法的法兰西国王?"

"是的,他们指控他叛国。"

"他们疯了。"

男爵坐了一会儿,就像一座雕塑,一动不动,他的周围都是咖啡杯。接着他说道:"在法兰西恢复理智之前,我是不会再碰报纸了。"

男爵离开了房间。"吃好了!吃好了!吃好了!"伊拉斯谟敲着碟子叫道。"革命是必然事件,不可解释,可以肯定的是共和国是朝着人性迈进了一步。"

"是有可能革新整个世界,"弗里茨说道,"或者说是回归到了过去的时代,因为黄金时代真的存在过。"

"伯恩哈德在这里呢,在桌子底下坐着!"男爵夫人大声说道,公然哭了起来。"他可能什么都听见了,他听见什么,就会说什么的。"

"这些都不值得一听,我早就知道了,"伯恩哈德从硬邦邦的桌布褶子里钻了出来,"他们会砍掉他的脑袋,你们看吧。"

"他不知道自己在说什么!国王是父亲,他的家就是国家。"

"等到黄金时代回归之后,就不会再有父亲了。"伯恩哈德喃喃地说道。

"他在说什么?"可怜的奥古斯特问道。

她觉得,有了法国大革命,她的麻烦大大增多了,的确如此。她的丈夫还没有绝对禁止报纸出现在这个家里,于是她就能对自己说:"他只是不想在餐桌或是书房看到报纸。"得想点其他的法子来满足他对法国大革命进程的巨大好奇心,如果要实话实说,法国革命在她看来什么都不是。她想,在盐矿办公室,在俱乐部,也就是魏森费尔斯的文学和科学阅览室,丈夫就会听到关于这一天的新闻讨论。但是长期习惯的洞察之下,习惯可比爱情可靠得多,她知道,无论发生了什么,在她丈夫看来都是不真实的,她的丈夫只有在灰色的日报上读到了这则新闻,才会感觉真正知道了。"亲爱的弗里茨,下一次,你把大衣给仆人打理的时候,记着把兜里的报纸露一点出来,露几英寸就好。"

"母亲,这么多年了,你还不了解父亲。他说过他不再读报纸,他就不会读了。"

"但是弗里茨,谁来告诉他这些事情呢?兄弟会的人什么都不会告诉他的,他们不会跟他讲世俗的事情。"

"那只有上帝知道了!"弗里茨说道。"也许只能靠渗透作用了。"

第八章
在耶拿

*

男爵认为长子最好还是接受德意志教育，尽可能地多去几个大学：一年在耶拿，一年在莱比锡，等到伊拉斯谟可以上大学了，俩兄弟就一起在维滕贝格待一年，学习法律，这样等到以后家里如果还剩下什么产业，弗里茨就可以上法庭为家族一战了。按照男爵的心意，弗里茨应该先学神学，然后学萨克森区的制度章程。事与愿违，弗里茨学的是历史和哲学。

结果，他第一天第一堂课就是约翰·戈特利布·费希特[1]的。当天，费希特讲的是康德的哲学，而且他很大程度上完善了康德的哲学。康德相信外部的世界。虽然我们只能通过感官和自己的经验来了解外部的世界，然而，外部的世界是客观存在的。费希特认为这一观点算不上什

---

[1] 约翰·戈特利布·费希特（Johann Gottlieb Fichte, 1762—1814），德国哲学家，古典哲学的主要代表人之一。

么，只是一个老人的弱势而已。我们都可以自由地想象世界是什么样，因为我们每个人的想象很有可能是不一样的，那就完全没有必要相信事物固定不变的客观存在。

看着费希特醋栗一样的眼睛，这群在德意志以无法无天而臭名昭著的学生胆怯了，变成了惶惶然的学童。"先生们！回归自我吧！回归自己的心灵！"平时傲慢醉酒的学生，服服帖帖地等待着。每个人都从外套领子的夹子上取下了微型墨水瓶。有些人挺直了身体，有些人猫着腰，闭着眼睛。还有些迫不及待地听着教授的话，激动得发抖。"先生们，让你们的思想成为那堵墙。"所有的人都专注地听着。"你们想过这堵墙吗？"费希特问道。"那现在，先生们，让你们的思想成为那堵思想之墙吧。"

费希特是织布工的儿子，在政治上属于激进民主主义者。他的声音轻松自如。"后排从左数，第四个位置上的那位先生，你看起来好像不舒服……"

一个可怜的年轻人站了起来。

"教授先生，是不舒服，因为耶拿教室里的凳子不适合腿长的人。"

"我还不是教授呢，要到明年五月才是。你可以问一个问题。"

"为什么……"

"说吧!"

"为什么我们要按照自己看到的来想象这堵墙呢,为什么不是别的样子?"

费希特回答道:"我们不是按照想象来创造这个世界的,我们是按照自己的责任感在创造这个世界。我们需要这个世界,这样就有尽可能多的机会来履行我们的职责。这正是哲学存在的理由,特别是德国哲学存在的理由。"

那个秋天的晚上,夜很深了,刮着风,学生们点上油灯聚在一起,讨论费希特和他的理论。学生们快要把自己逼疯了。凌晨两点,其他人都继续跟跄地往前走,弗里茨突然停在乌特耳市场的中央,一动不动,他对着星空大声说道:"我找到费希特理论的缺陷了。他的理论中没有爱的位置。"

"你就在他房子外面呢。"一个学生走过他身边,坐在了鹅卵石路上。"他的门牌是 12A。费希特教授就住在 12A。"

"要到明年五月他才是教授,"弗里茨说道,"在那之前,我们可以对着他唱小夜曲。我们可以在他的窗下唱道:'我们知道你的理论哪里出了问题……里面没有,里面没有爱的位置。'"

耶拿有各种各样的住所。作为奖学金的一种形式,有些非常贫困的学生有权免费就餐。他们选择饭铺，然后只能在选好的地方就餐，只能吃一定价格的东西，他们就餐的样子真是触目惊心，饭店的老板一个劲儿地催着他们快点吃，好赶快收拾桌子，学生们也只能抓住机会，狼吞虎咽，就像是地狱里的魔鬼在吃最后一口食物一样。但是最可怜的学生也有自己的老乡会，也许家乡很小，也许只是无尽的土豆地，但每个学生都属于某个老乡会。到了晚上，学生成群结队地从一个酒馆游荡到另一个烟雾缭绕的酒馆，以老乡的名义呼朋唤友，或是报睚眦之仇，或是讨论自然哲学的细微之处，或是喝得大醉，如果已经醉了，那就更要酩酊大醉。

弗里茨本可以住在施洛本，但是有两个小时的路程。最开始他住在姑妈约翰娜·伊丽莎白家里，姑妈当然不收他费用。伊丽莎白抱怨说，几乎见不到他。"本来希望餐桌上能够多一位诗人的。我年轻的时候写过诗。"但是第一个冬天，弗里茨不得不花大量的时间跟自己的历史老师、著名的席勒[1]教授在一起。"亲爱的姑妈，他病了，是胸膛的问题，一直都很弱，所有的学生都在轮流照顾他。"

---

[1] 约翰·克里斯托弗·弗里德里希·冯·席勒（Johann Christoph Friedrich von Schiller，1759—1805），18世纪著名诗人、哲学家、历史学家和剧作家，德国启蒙文学的代表人物之一。

"侄子,你完全不知道如何照顾人啊。"

"他是一个非常伟大的人。"

"嗯,这样的人照顾起来最麻烦。"

后来他们请来了大学的医学教授、首席医生霍夫拉特·约翰·施塔克。这位教授也跟他的大多数同事一样,遵循布朗学说。爱丁堡的布朗医生拒绝放血疗法,主张锻炼、足够的性生活和新鲜空气,治好了好些病人。但是他认为活着不是一种自然的状态,为了防止身体垮掉,机能必须永远保持平衡,需要用到一系列的刺激物,比如说用酒精刺激,或是用鸦片麻痹。席勒虽然自己也相信布朗学说,但是既不肯饮酒,也不肯服用鸦片,他靠着枕头,半躺在床头,叫学生拿来纸笔,口授让学生记录:"人为什么要研究世界历史?"

此时,弗里茨负责清理病房里的夜壶,后来负责长时间地看护教授伸出瘦骨嶙峋的脚在地板上行走。也就是这个时候,批评家弗里德里希·施莱格尔[1]在一封信中第一次描述了这个小伙子。施莱格尔这封信是写给他的哥哥奥古斯特·威廉的,哥哥比他成功得多,是文学和美学教

---

[1] 卡尔·威廉·弗里德里希·冯·施莱格尔(Karl Wilhelm Friedrich von Schlegel, 1772—1829),德国作家。比他大5岁的哥哥奥古斯特·施莱格尔(August Wilhelm von Schlegel, 1767—1845),同为德国早期浪漫主义的奠基人。

授。施莱格尔发现了一个有趣的人,哥哥却不认识这个人,他觉得自己胜利了。"命运把一个前途无量的年轻人交到了我手里,有一次,坐在壁炉边上,他给我谈了谈他自己,激情洋溢。他长得瘦削英俊,滔滔不绝的时候,表情非常生动。他的话比我们其他人多三倍,语速也比我们快三倍。就在我们交谈的第一个晚上,他对我说,没有罪恶的黄金时代会回来的。我不知道他的观点有没有改变。他的名字叫冯·哈登贝格。"

第九章

学生生活的一件事

*

"我永远不会忘记。"弗里茨说道。他脑子里想的是五月的一个清晨,在耶拿也快一年了。在冷峭的春风中,席勒教授刚刚恢复,姑妈约翰娜就死于肺炎。弗里茨搬到了鞋匠街4号(上两段楼梯),他和一位远房表亲住在一起。可是那天早上,他半裸着被拖下床的时候,这位表亲到哪里去了呢?

"他和其他人被扔进学生监狱了,"这位来访者不是朋友,甚至连熟人都算不上,"昨天晚上你们一起出去了——"

"非常好,如果是那样,为什么我没有跟他们一起蹲牢房呢?"

"你的方向感比他们好,所以没有抓到你。但是现在你必须跟我来一趟,需要你帮忙。"

弗里茨瞪大了眼睛。"你是迪特黑尔姆。医学生。"

"不，我叫迪特马尔勒。起来吧，穿上你的衬衣和外套。"

"我在费希特教授的课堂上见过你，"弗里茨一边说话，一边抓住了水罐，"你写了一首歌，开头那句是：在遥远的地方，那位少女……"

"我喜欢音乐。快点，我们没多少时间。"

耶拿坐落在一处光秃秃的山谷中，上方就是悬崖，只能一直往上走，才能走出耶拿。当时是清晨四点，他们迈着沉重的脚步朝盖尔根伯格的方向走去，在初夏的热浪中，这个死气沉沉的小镇已经开始冒出热气了。天还没有怎么亮，云层已经开始变得稀薄，露出了青白色的天空。弗里茨回过神来了。昨天晚上肯定是吵架了，至少是有争论，至于争论的是什么，他什么都不记得了。如果有人决斗，那就是要进牢房的事情，决斗就需要医生，而没有哪个体面的医生肯来，只好叫医学生了。

"我是裁判吗？"弗里茨问道。

"是的。"

耶拿决斗的裁判必须裁决可怕的事情。学生的剑，切面是三角形的，但是剑头是圆形的，因此只有伤口很深、创口呈三角形，才算得分。

"谁跟谁决斗？"他问道。

"约瑟夫·贝克。他给我捎来纸条,说他必须决斗,跟谁决斗、为什么决斗,他没有说。只说了时间和地点。"

"我不认识他。"

"你们的房间紧挨着。"

"他有你这么一个真诚的朋友,真是好事。"

他们走出了雾气,露水也渐渐干了。他们转了个弯,穿过一道门,来到一片空地,之前种了萝卜,已经被拔干净了。两个学生正在干硬的黄土地上恶斗,衬衣下摆不停地摆动,双方都没有技巧,姿势一点也不雅观。

"我们还没有到,他们就开始了,"迪特马尔勒说道,"快来!"

他们还没有跑过去,决斗的一方就刺到了另一方,然后朝着另一个方向的大门跑去。被刺到的一方站在那里,手里的剑掉在了地上,接着人也倒在了地上。他的右手全是血,也许被砍断了。

"手没有断,只断了两根指头。"迪特马尔勒一边说,一边急切地弯腰在土里冒出的杂草中寻找。他捡起指头,就像是被扒了皮一样,两根指头血淋淋的,其中一根只是头一截指关节,另一根上面还戴着一枚金戒指。

"把指头含在你的嘴里,"迪特马尔勒说道,"如果保持体温,等到回去,我也许还能给他缝上去。"

一根半指头，还有一枚沉重的戒指，弯曲地塞在嘴里，又滑又硬，这种滋味弗里茨怕是终生难忘。

"自然界的一切都是一体的。"他对自己说。

与此同时（他按照自己的常识行动，不用迪特马尔勒吩咐），他用右肘紧紧夹住又哭又闹的约瑟夫·贝克，举起约瑟夫的前臂，防止他流血过多。这时，山头之间，天空已经亮了起来，云雀叽叽喳喳地叫着。旁边的草地上，野兔已经溜出来吃草了。

"只要拇指还留着，手就没有废掉。"迪特马尔勒说道。弗里茨嘴里含着指头，夹杂着泥土和血，连唾沫都没法下咽，他心想："他是要做医生的，这当然有意思。可对于作为哲学家的我，这一点帮助都没有。"

真是上天垂怜，他们碰到伐木工人正要往山下走，就坐上他的马车，回到了耶拿。伐木工人通常都是事不关己，高高挂起的，这一次可怜的贝克的惨叫呻吟也让他侧目了。"这位先生也许是歌唱家？"

"请直接到手术室，"迪特马尔勒吩咐伐木工人，"如果手术室开着，我就能找到需要的针线和其他东西。"

现在还太早，买不到烈酒，也买不到鸦片。迪特马尔勒也是布朗学说的信徒，现在已经迫不及待地想要同时大量使用这两样东西了。

第十章
钱的问题

*

1791年，米迦勒节[1]，弗里茨在莱比锡开始了第二年的大学教育。那时他十九岁，而莱比锡有五万居民，是他生活过的最大的城市。家里只能匀出这么多钱给他，而他发现钱不够用了。

"我必须跟父亲谈谈。"他对伊拉斯谟说。

"他会不高兴的。"

"问他们要钱，又有多少人会高兴呢？"

"弗里茨，你把钱拿来干什么了？"

"嗯，花在生活的必需品上了。有灵魂的需求，也有肉体的需求。但是那个老家伙也做过学生，肯定也有过这些必要的开支。"

---

[1] 米迦勒节是纪念天使长米迦勒的节日。西方教会定于9月29日，东正教会定于11月8日。其日期恰逢西欧许多地区秋收季节，节日纪念活动十分隆重。

"有可能,可是后来他觉醒了。"伊拉斯谟沮丧地说道。"现在,你别指望他理解你。你都活到十九岁了,这点道理应该明白吧。"

等到下一次回到魏森费尔斯,弗里茨说道:"父亲,我是个年轻人,并没有丝毫不敬的意思,但我不能像个老年人一样生活。在莱比锡,我非常克己。自从到了那儿,我只订过一双鞋。我留上了长发,就是为了省下理发的钱。晚上,我只吃面包……"

"你在哪些方面不能像老人一样生活?"男爵问道。

弗里茨改变了策略。

"父亲,莱比锡就没有不欠钱的学生。目前,您给我的这点钱,我没法过下去了。我知道,家里有六个孩子,但是我们在上维德施塔特和施洛本仍然还有产业啊。"

"你觉得我已经把产业忘了?"男爵问道。

他伸出手掌,捂住了脸。

"到上维德施塔特去见一见施泰因布雷歇尔。我会写一封信,你带给他。"

施泰因布雷歇尔是他家的财务管家。

"但是,他不是在施洛本吗?"

"他负责我们所有的产业。这个月,他在上维德施塔特。"

弗里茨坐上了清晨四点的驿车，从魏森费尔斯出发，取道哈雷和艾斯莱本。德意志驿车是全欧洲最慢的，所有的行李都满满当当地装在车后的平板上，只要有乘客上车或是下车，都得卸下来，重新装载一番，这时车长就在旁边盯着，而车夫和马匹就吃点东西，吃的都是粗黑面包。

到了艾斯莱本一个叫黑男孩的地方，一个农夫的仆人坐在外面的条凳上，等着他。

"你好，约瑟夫。"弗里茨想起来，七年前曾经见过这个人。"我们进杂货铺，喝上一杯果酒吧。"在萨克森地区，小客栈是不可以售卖烈酒的。

"看到您父亲的儿子如此逍遥，真是难过啊。"约瑟夫回答道。

"但是，约瑟夫，我是想让你逍遥一下。"显然，这是不可能的了。客栈提供马匹，他们沉默不言地骑上马，朝上维德施塔特走去。

到达的时候天已经黑了，财务管家还在等着他们。弗里茨拿出了父亲的信，等着对方仔细看上两遍。对方并不说话，弗里茨觉得不自在了，说道："财务管家先生，我想我父亲在信里委托你给我一些钱吧。"

施泰因布雷歇尔摘下眼镜。

"少爷,没有钱啊。"

"他让我大老远来一趟,就为了听这个?"

"我想他是要你长个记性。"

第十一章
意见不同

*

弗里茨走了三十二英里,回到了魏森费尔斯。等他走到修道院街的时候,他的父亲也从盐矿的办公室回来了,可是父亲不是一个人。

"高傲的威廉叔父来了,"西多妮告诉他,"大十字亲自来了。他们在讨论你的事情。跟施泰因布雷歇尔相处得怎么样?我来告诉你我是怎么想的:如果有些人没有别人那么老,而年轻人又跟老人一样富有——"

"但是,西多妮,我现在真正明白了,我们比之前想的还要穷。"

"你不问问我是怎么想的,"西多妮说道,"我就在这房子里待着,我想这件事情的机会可比你多。"

"现在,就靠着我们了,但特别是我——"弗里茨刚开了个头,伯恩哈德就出现了,打断哥哥说道:"我才是主要的受害者。大十字一来,母亲就把我推在他面前,觉得他最喜欢我。事实上，他讨厌孩子，特别是我。"

"他想要的是更高级的葡萄酒和更多的客人，而我们没有这些东西，"西多妮说道，"你知道的，他说这是最后一次赏光来看我们。"

"上一次叫我出来背诵，"伯恩哈德继续说道，"叔父就大声说，'为什么要教他这些白痴东西？'"

"母亲不在客厅，"西多妮说道，"我该告诉她做什么呢？"

"什么都别说。"卡尔随意地躺在惟一的沙发上面。他的姿势无懈可击。一个星期之内，他就要到萨克森区的卡宾枪军团报到，开始候补军官的军事训练。因此，虽然他从来没有受邀到过卢克勒姆，他还是受到了威廉叔父的赞赏。弗里茨看起来好像没有听大家说话，他心里仿佛有什么急事，仿佛暗自下了什么决心。他刚走进来的时候，西多妮并没有注意到这一点，有可能是因为见到哥哥非常高兴。但是现在，她准确无误地感觉到了，就好像是哥哥带来了一位笨拙的陌生人来做客，那人正尴尬地等着被介绍给大家呢。

在会客室里，大十字先生并没有坐在椅子上，而是快速地来回走动。他每次回到房间，都可以看到他深蓝色斗篷上亮闪闪的徽章。男爵先生在管辖区一天的仲裁下来，已经疲惫了,坐在了宽敞的护手椅上,想着弟弟外面的斗篷都没有脱下来,也许很快就会离开吧。"但是,你妻子在哪呢,奥古斯特在哪里?"威廉询问道。

"我想她这个下午都不会出现的。"

"为什么要这样呢?她没有必要害怕我,我又不是幽灵。"

"她需要休息,她体质虚弱。"

"女人嘛,如果一直操持家务,就永远不会觉得累。"

"威廉,你又没有结过婚。但是至少弗里德里希来了。"弗里茨脸色苍白如纸,走进会客室,心不在焉地问候了父亲和叔父,然后就高声说道:

"我想要告诉您,我已经决定这一生要做什么了。是在从上维德施塔特回来的路上,我想到的。"

"幸好我在,"大十字先生说道,"这种时候最需要我的建议了。"

"我在耶拿和莱比锡学习的时候,因为我喜欢哲学和历史,而不是法律,叔父您为此不悦;而父亲您听到我说法律都比神学好的时候,非常生气。现在,我想请两位放宽了心,不必忧虑,就把忧虑当成尘埃,吹走好了。我现在明白了,我的责任就是做一名士兵。一切都指向这个目标。那样,我就不用花您一分钱。现在,我知道自己需要纪律。我有浪漫的倾向。待在军营里，公共厕所、发热病房、长途行军，还有行军巡查，实实在在的日常生活就可以纠正我的错误倾向。等到我参加了军事行动，就没有什么可以害怕的了，人生毕竟是目标，不是方式。我已经想好了，决定申请加入选帝侯的胸甲骑兵团。"

"不中用的东西，闭上你的臭嘴！"大十字先生咆哮道。

"不该这样对我儿子说话，对任何体面人的儿子都不应该如此。"男爵说道。"但是，他刚才说话的确像个白痴。"

"但是卡尔——"弗里茨打断道。

"——他是个聪明的年轻人，迫不及待想要开始自己的生活。"叔父大声说道。"而你呢！胸甲骑兵！——当年你在我的餐桌旁，也就是卡尔现在这么大，你说如果人生是个梦，那还好些，也许人生真要变成梦了。你实际的能力在哪里？你从来没有见过受伤的人什么样！"

弗里茨离开了房间。"无论你说的是什么，你的语气都太过了。"西多妮带着两个仆人过来了，仆人手里端着咖啡、面包和黄油，叔父远远地看见后，厌恶地挥手让他们拿开。

"至少他们的意见统一了，"弗里茨说道，"他们都认为我没有能力，可能就是个懦夫。"

西多妮同情地捏了捏哥哥的胳膊肘。客厅的门开着，叔父和父亲两个人怒气冲冲地争吵。

"把你儿子的事情交给我吧。你对这些事情一无所知。"

"你忘记了，我在汉诺威军团里服役七年。"男爵大声说道。

"可是没有获得半点军事作战能力。"

卡尔和西多妮带着垂头丧气的弗里茨来到花园，往果园走去。"今年结了数不清的梨子和李子。"西多妮说道。"你怎么会有这么愚蠢的想法？你怎么会觉得自己当得了士兵？"

"你的理智到哪里去了？"卡尔接着说道。

"我不知道。卡尔，你说说，怎么样才能做一个士兵？"

"我是自己想要加入亲王的队伍。而且，我还想要离开这个家。"卡尔说道。

"卡尔，你不会想念我们吗？"西多妮问道。

"我没资格想那样的事情。我不在这里碍手碍脚，对你们都更有用。而你，西多，很快就要结婚了，忘记你的兄弟们吧。"

"不可能的！"西多妮大声说道。

第十二章
不朽之感

*

叔父出行带着一大群贴身仆人和厨子,而厨子正在男爵的厨房里各种祸害呢。等到打发了叔父和他的这一群随从,冯·哈登贝格男爵立刻把长子叫到了跟前,他告诉儿子,这一年在莱比锡学习完之后,就要到维滕贝格待上一年,学习化学、地理和法律,之后就要准备在盐矿理事会做实习职员。伊拉斯谟在莱比锡学习完之后,就要去胡贝图斯堡的林学院,过一种健康的野外生活,即便是从目前看来他对这种生活毫无兴趣,那也得去。卡尔十六岁,已经参加过军事行动。把法国人驱逐出美因茨的时候,他在军队里。他可以经常回家。请假探亲一点也不难。请假的军官没有军饷,所以如果他们没有销假,军队也就省钱了。

弗里茨时不时地要乘坐驿车,或是长途跋涉地步行,那是因为他基本上没有好马可骑。如果能够雇上或是借来一匹马，他就要记在日记里。他有一匹马，名叫高卢，在上维德施塔特的时候，他太小了，还不能骑马，到了魏森费尔斯，才开始骑马。高卢几岁了呢？年龄增长并没有给这匹马带来智慧，反而是让它狡猾了。它精确地跟主人计算时间地点——什么时候要慢行，什么时候要停下来，什么时候又同意继续。弗里茨不在乎自己看起来怎么样，马看起来很逊，弗里茨也不在乎，只要马儿能走就行。

从十七岁开始，他就动个不停，或是遵循高卢从容不迫的节奏，虽然范围不广，也是来来回回动个不停。他住在神圣罗马帝国的"黄金山谷"里，周围是哈茨山和茂密的森林，中间河流纵横——有萨勒河、温斯特鲁特河、黑尔默河、埃尔斯特河和维珀河，虽然看似没有弯曲的必要，河流到底还是蜿蜒流过矿山、盐库、磨坊和河边的酒馆，酒馆里的客人平静坐着，过一个小时又一个小时，就等着鱼儿上钩后，再被煎烤端上来。连绵起伏的田地，毫无怨言地培育着土豆、萝卜和用来做酸菜的最好的甘蓝，甘蓝切片要用锯子，田地之间就是一处又一处的乡镇，每个乡镇都有自己的特点，可是与邻近的乡镇又是那么相似。旅行者看到这些乡镇，心里是多么地慰藉，他们从远处就看到了老教堂的木头屋顶，还有新教堂的圆屋顶，一路走过来，就看到街道边一排排整齐的小房子，每个房子都有猪圈,有烘干果的炉子和烤面包的炉子,有时还有木头的花园凉亭,等到晚上天气凉爽的时候,主人就会坐在凉亭里发着呆,抽着烟,凉亭上刻着这样的箴言:**于此便是幸福**,或是**满足就是财富**。虽然并不常见,但有时也能看见女人有空闲在凉亭里坐着。

那一天,弗里茨完成了在维滕贝格一年的学习,骑马南行回家,真是万里挑一的好天气,天空透亮湛蓝。农田里正在挖土豆,在上维德施塔特,他还是个孩子的时候,很乐意下田挖土豆,当时还有诺伊迪腾多夫兄弟会前来帮忙。

行走到里帕赫和吕岑之间,看到溪水流过,他停下来,让高卢饮水,通常都是一天结束了才让马匹饮水的。弗里茨松开了马的肚带,高卢就开始大口地吸气,仿佛之前不知道空气为何物一样。弗里茨的行李箱捆在马尾带上,高卢一起一伏,行李箱也随之发出声响,就像是马屁股后面的一面鼓。然后高卢又慢慢呼气,最后才低下头,寻找最温暖最浑浊的河水,找到了,就把嘴巴浸到水里,刚好露出鼻子,一阵猛喝,那个劲头啊,从维滕贝格一路到处都没有表现出来过。

弗里茨坐在空荡荡的路边,屁股下面就是他所深爱的萨克森潮湿的泥土,眼前只有一行行运土豆的马车,还有一排赤杨木，树的旁边就是埃尔斯特河。现在，他的教育就快结束了。他学到了什么呢？费希特哲学、地理学、化学、组合数学、萨克森商业法。他耶拿最好的朋友之一，物理学家约翰·威廉·里特想让他明白，电流学就是生命的终极诠释，心灵和身体之间的每一次能量交换都伴有电流。电以光的形式出现的时候，是看得见的，但并不是所有的光都可视，事实上大多数光都是看不见的。"我们绝对不能依照我们所看见的来做判断。"里特几乎就是一文不名。他从来没有上过大学，事实上他就没有上过学。对他而言，一杯葡萄酒就是莫大的鼓舞。喝了酒，躺在破烂不堪的租房里，他就能看见用模糊的象形文字写成的电学规律，出现在圣灵出没的天空中和水面上。

我的老师们，他们的见解各不相同；我的朋友们的见解和老师们也不相同，弗里茨心想，但这只是表面的现象，他们都是聪明又有激情的人，他们的话，我都相信吧。

大家庭的孩子很少会自言自语，这是独处的技巧之一，但是他们通常都会记日记。弗里茨把他的袖珍日志拿了出来。软弱，缺陷，冲动，努力想要成名，努力不受压迫，悲惨，日常生活的小资产阶级状态，年轻，绝望，这些字眼对他就是信手拈来。接着他写道，"但是，我有一种，我无法否认这一点，一种无法表达的不朽之感。"

第十三章
尤斯特一家

*

"你听我提到过滕施泰特的地区长官塞莱斯廷·尤斯特。"男爵说道。弗里茨觉得自己听过这个名字。"当然了,他是当地的首席法官,也是他所在地区的税收主管,这种情况并不是惯例。我已经安排好了,你去滕施泰特跟他学习行政和办公室管理实践,对此你是一无所知。"弗里茨问,要不要在外面租房子。"不用,你就住在尤斯特家里。长官的侄女卡罗利妮在替他管理家务,一位非常靠得住的年轻女子。另外,长官是四十六岁结婚的,娶的是克里斯蒂安·纽伦伯格的遗孀,纽伦伯格生前是维滕贝格大学的解剖学和植物学教授。你很有可能去年在那里见过她。"

大学的城镇上情况可能不一样,但是在魏森费尔斯、滕施泰特、格吕宁根或朗根萨尔察这些地方,女人都不会想要看起来更年轻,也不知道该怎么做。她们接受岁月留下的痕迹。

卡罗利妮·尤斯特照镜子的时候,看到的是一个二十七岁女子的脸,皮肤光滑苍白,两道醒目的黑眉毛。她替叔父塞莱斯廷·尤斯特在滕施泰特管理家务已经四年了。人们都以为她叔父不会结婚了,但是六个月前,他这么做了。"亲爱的,你会为我高兴,你也会高兴的,"他说道,"现在,如果你要嫁人,就再也不会有你弃我而去的问题了。"

"这个问题目前还没出现。"卡罗利妮说道。

除了回到梅泽堡(她父亲是大教堂神学院的书记员),卡罗利妮无处可去,但她并没有意识到这一点。事实上,两边都欢迎她。尤斯特觉得很幸运,他的新夫人拉埃尔身为教授的遗孀不仅是最合适的人选,而且已经三十九岁了,很有可能已经生不出小孩了,这样他们三人就可以平静地生活在一起,不会有任何讨厌的变化或是打扰。

在滕施泰特,人们说——现在,他的屋檐下有了两个女人。嗯,有俗话这样说了……长官的钱该怎么花,到底谁说了算呢?还有盼望中将要到来的房客,说是盼望,因为仆人们一直都在谈论他,这个家已经为他购置了一张床。仆人们知道,据说这个人是二十二岁。

在大学,教授一般会安排自己的女儿嫁给自己最得意的门生。木匠、印刷工人和烘焙师都会心满意足地把女儿或侄女嫁给自己的学徒,到处都是这样。长官既不是教授,也不是手艺人,他是法官,是当地的税收主管,他可能怎么也想不到这样的安排。但是仆人们说,他现在结婚了,他就该找个人来替他想想这些问题了。

弗里茨步行到了那里,比预计的日子晚了一天。他到达的时候,塞莱斯廷·尤斯特正在办公室。"望眼欲穿的人到了。"拉埃尔对卡罗利妮说道。拉埃尔本人对在维滕贝格的弗里茨记得很清楚,看到他这样衣冠不整的样子很是难过。"哈登贝格,你觉得运动是否有益健康?"她一边带弗里茨走进房子,一边急切地问道。弗里茨面带灿烂的微笑,却是茫然地看着她。"我不清楚,拉埃尔夫人。我还没有想过这个问题呢,但我会想一想的。"一走进大厅,他吃惊地环顾四周。"漂亮,很漂亮。"

"一点也不漂亮,"拉埃尔说道,"非常欢迎你的到来,希望你能学到很多东西。当然了,你愿意怎么想是你的自由,可是这个大厅一点也不漂亮。"

弗里茨继续环视四周。

"这是我丈夫的侄女,卡罗利妮·尤斯特。"

卡罗利妮戴着披肩,穿着做家务的围裙。

"您很美,小姐。"弗里茨说道。

"我们本以为你昨天就会到,"拉埃尔讷讷地说道,"不过你看,我们懂得等待。"卡罗利妮很快就去厨房了,拉埃尔继续说道:"以前你还是个学生的时候,我经常见到你,不知道你还记得吗,我还欢迎你参加我们的莎士比亚之夜活动。因为有这段交情,我想要告诉你一句话,请不要对卡罗利妮那样讲话。你只是顺口一说,但她并不习惯这样的说话方式。"

"我并不是顺口一说,"弗里茨说道,"走进您的家里,所有的东西,醒酒器、茶杯、糖罐、椅子、桌子、长流苏的深绿色桌布,所有的东西都光彩照人。"

"平时也就这样。这些家具并不是我买的,但是——"

弗里茨想要解释自己看到的不是它们的常态,而是它们的精神。他不知道自己什么时候才能经历这些转变。等到肉体终于从属于灵魂的那一刻到来的时候,整个世界都会是这样。

拉埃尔看出来了,不管怎样,小哈登贝格是认真的。她就想,服用这么多的鸦片是不是按照医嘱啊?当然了,如果是牙痛,大家都得服用鸦片,但她指的不是这个。很快她就发现,弗里茨入睡前,如果脑子特别兴奋,最多的时候服用了三十滴的鸦片来作为镇定剂,而她自己应对女性常有的疼痛只服用一半的剂量。

第十四章

在滕施泰特的弗里茨

*

第二天,驿车送来了弗里茨的行李。主要是书,都是必要的书,一共有一百三十三本,早期的主要是诗歌、喜剧和民间故事,后来就是植物研究、矿物、医学、解剖、热学、声学、电学、数学和无穷数分析。在滕施泰特,弗里茨住在冰冷的阁楼里,他凑近蜡烛暖着手,大声说道,所有的书都是一体的。人类所有的知识都是一体的。数学是原则,连接了所有的知识,正如里特告诉我的那样,电流连接了肉体和心灵。数学以一种所有人都能认知的模式展现了人类的理性。为什么诗歌、理性和宗教不能成为更高形式的数学呢?所需要的就是共同语言的语法。如果所有的知识都能用符号来表达,他必须要把所有可能的方式都写下来。

"胜利!"弗里茨在他冰冷的房间里欢呼道(但是他长这么大,他所见过的人,包括他自己都是在冰冷的房间里工作或是睡觉的)。

弗里茨第二批书的第一套就是弗朗茨·路德维希·坎克里尼的《采矿与盐厂基础》第一卷。第一部分：矿物学的构成。第二部分：实验技巧。第三部分：地表规格规范。第四部分：地下规格规范。第五部分：矿山结构技术。第六部分：代数、几何与普通三角学。第七部分：第一节，机械学、流体静力学、量气学与水力学；第二节，矿山机械结构。第八部分：第一节，矿石金属冶炼与析出；第二节，半金属冶炼；第三节，配置硫磺。第九部分：第一节，盐检与产盐山区地质描述；第二节，煮盐技术与新盐厂的修建。第二卷：采矿与盐务法律。

仆人给拉埃尔汇报说，男爵家的少爷在房间里大声地自言自语。"用完早餐，他马上就上楼回房间了，"拉埃尔告诉丈夫，"你也看到了，晚饭之后他也学习。"尤斯特问卡罗利妮，他们可不可以找个晚上来点音乐，放松一下。"那个可怜的年轻人，你得同情他啊。"他建议道。

"我对他的烦恼一无所知。"卡罗利妮说道。她忙死了，要做香肠，要打亚麻准备冬天纺纱，要宰鹅（已经活拔了两次毛了），这是第三次拔毛，也是最后一次，采集绒毛，都是早冬的活儿。这一来，必须要吃上一个星期的烤鹅。但是那天晚上卡罗利妮也坐在了客厅里，在拉埃尔的请求之下,弗里茨拿着一本书下了楼,他听从了劝说,要给大家朗诵,不,那不是书,而是一叠手稿。

"你们千万不要以为这是特别为谁写的。我当时在耶拿,比现在年轻。"

接受我的书,接受我的小诗,
如果可以,就喜欢吧,不必放在心上。
还想要更多吗?我的心,也许,我的生命?
你早就拥有它们了。

他抬起头来——"这首诗非常适合誊写在年轻女士的纪念册里,"拉埃尔说道,"但是,我们家里恐怕就没有这样的东西了。"

弗里茨把那张纸撕成了两半。卡罗利妮放下正在缝补的枕套。"请再读一些,继续读吧。"炉门开了一条缝,她的叔父塞莱斯廷安静地看着炉火。他听说过小哈登贝格是一位诗人,但现在他才意识到小哈登贝格还想大声诵读他的诗句。对诗歌,他不能妄下判断,而唱歌就不一样了。尤斯特认识的所有人都唱歌,他自己也唱歌,加入了两个唱歌俱乐部,冬天的时候在室内听人唱歌,夏天在户外,在树林里、在山上、在街上听人唱歌。是的,卡罗利妮有个朋友是女高音,嗓音非常美妙。这位朋友的结婚宴会上,滕施泰特有头有脸的人都出席了,甚至塞莱斯廷都受到蛊惑,扮作一个年老的卖鸟人,手里拿着几个刷成金色的鸟笼,唱了一首喜庆的乡村歌曲,恳求新郎"不要带走大家的夜莺"。是的,她的名字叫埃尔泽·旺格尔。那是三年前的事情,她的婚礼已经举行三年了,现在她胖得可以堵住门道。

卡罗利妮用责备的语气问他:"你为什么要提埃尔泽·旺格尔呢?"

"哦,亲爱的,我不知道自己说出声来了。我老了,你得原谅我。"

尤斯特四十六岁。他先是请侄女来帮忙,后来又及时结婚,原因之一也是走到了人生末端,伤感悲怀。

"叔父,你根本就没有听,什么都不明白。"

第十五章
尤斯滕

*

卡罗利妮负责家庭账本（拉埃尔谨慎地划分了彼此的责任），其中一项就是每周收弗里茨的食宿费，还有高卢的费用，这匹马也从魏森费尔斯过来了。但是，第一个星期六收费的时候却发生了纠纷。"卡罗利妮小姐，我父亲的出纳本来应该到滕施泰特来，把从现在开始到十一月的零用钱给我，可能是他搞错了，他直接去了上维德施塔特。我不得不请你等等。"

"我觉得我们没法等，"卡罗利妮告诉他，"但是我可以暂时从日常开支中补上这笔钱。"想到弗里茨的尴尬，她的脸色变了，她很少这样。"他该怎么持家呢？"她对拉埃尔说道。拉埃尔说："我敢说，虽然他在三个大学就读，可他没有学过如何持家。他是长子，还没有学会自我保护。"

虽然出纳第二天就来了，卡罗利妮觉得自己好像表明了某种态度,但事实上,她并没有防备哈登贝格,从诗朗诵的那天晚上起,弗里茨向她提了好多要求。弗里茨完全信任她,她感觉到了信任的压力。她成了弗里茨的朋友,对此,她并不反对。弗里茨对她说,没有爱情,自己可以活,但是没有友谊就不能活。他说个不停,什么都说了,无论她是在缝补,还是在宰肉灌香肠,弗里茨都停不下来。卡罗利妮宰着肉,得知这个世界并不是一天天地走向毁灭,而是走向无穷尽。弗里茨告诉她费希特的哲学哪里有不足之处,自己有个恶魔一样的小弟弟,但是他很喜欢,还有个怪物一样的叔父,叔父总是跟他父亲争吵,但是那时他们都争吵不休。

"你母亲也这样?"

"不,她不。"

"你在家里不幸福,真是替你难过。"卡罗利妮说道。

弗里茨吓了一跳。"我说的话让你误会了,我们都爱彼此,为了彼此,我们可以付出生命。"

他又说,他母亲还很年轻,还可以养育更多的孩子。要尽快挣钱,这是他的当务之急。接着,他就回到费希特的话题上,还拿来了课堂笔记给卡罗利妮看,一页的内容,全是三元的东西。"是的,我记了一些费希特的三元论,但是我要告诉你,到了滕施泰特,我突然想到了什么。你可以从我们两个人的身上去看待它们。你是正题，安静、苍白、有限、沉默寡言。我是反题，不安、矛盾、热情、外向。现在，我们必须提出这样的问题，我俩之间的合题会是和谐呢，还是走向一个我们做梦都想不到的新的不可能。"[1]

卡罗利妮回答说，她不怎么做梦。

接着，弗里茨又谈到了布朗医生，卡罗利妮对布朗医生所有了解。相对于之前所有的医学理论而言，布朗体系是个进步，这一点是她不知道的，她也不知道布朗医生讲课的时候面前有一杯威士忌和一杯鸦片酊，轮流从杯子里啜上一小口，展示完美的平衡。她甚至不知道威士忌是什么。

弗里茨还告诉她，女人是自然的孩子，所以在某种意义上，自然就是她们的艺术。"卡罗利妮，你一定要读一读歌德的《威廉·麦斯特的学习时代》。"

"我当然读过《威廉·麦斯特的学习时代》。"她说道。

弗里茨愣了几秒，卡罗利妮这才有时间补充说道：

---

[1] 这里的"正题"（thesis），"反题"（antithesis），"合题"（synthesis）即是黑格尔哲学中的"正反合理论"。费希特是这种三元论的提出者之一。——编者注

"我觉得迷娘很是让人恼火。"

"她只是个孩子,"弗里茨大声说道,"一种精神,或是预言家,不仅仅是个孩子。她死了,那是因为这个世界不够神圣,容不下这样的人。"

"她死了,那是因为歌德不知道该拿这个人物怎么办了。如果让她嫁给威廉·麦斯特,那他们两个都是活该。"

"你太苛刻了。"弗里茨说道。他坐下来,就着这个话题写了几句诗。而卡罗利妮正带着厨房女佣用线把风干的苹果圈串起来。"哈登贝格,你怎么写我的眉毛呢!"

卡罗利妮·尤斯特,黑黑的眉毛
她眉毛扭动,
我收获了箴言。

"我给你个昵称吧,"他说道,"你还没有,对吗?"大多数叫卡罗利妮的(这在德国北方是最常见的名字),昵称都是利妮、丽丽、罗莉或是卡罗琳奇。她摇了摇头。"没有,从来没有过。"

"我叫你尤斯滕吧。"他说道。

第十六章
耶拿圈子

*

在尤斯特看来,滕施泰特的优势在于距离耶拿只有五十多英里。小哈登贝格在耶拿仍然有很多朋友,但尤斯特觉得还不如没有这些朋友呢。比如说物理学家约翰·威廉·里特,就姑且承认他是物理学家吧,为了他本人着想,就应该被送进精神病院。但里特是个老实人。尤斯特特别不满的是耶拿女人的举止行为。弗里德里希·施莱格尔是哈登贝格最早交到的朋友之一,他非常仰慕自己哥哥奥古斯特的妻子卡罗琳。卡罗琳曾经是图书管理员乔治·福斯特的情人。福斯特的妻子离开了他,跟一位记者好上了。令他妻子耿耿于怀的是,他们的小婴儿死于天花,福斯特非但没有安慰她,反倒是简单地"不辞辛劳地采取措施要再生一个"。弗里德里希·施莱格尔和一个比自己大十岁的女人生活在一起。这个女人名叫多罗特娅,是哲学家摩西·门德尔松[1]的女儿,显然是善良慈爱,但是她已经有丈夫了,是个银行家。尤斯特记不住这个银行家的名字。管他是谁,反正他已经出局了。

他们都是聪明人,都是改革者,但是他们的计划各不相同,都不会有什么进展。他们一直都在说要去普鲁士,要去柏林,但是他们就待在耶拿。尤斯特觉得,这是因为在耶拿生活,便宜得多。

在耶拿圈子里,弗里茨算得上奇才,一个来自乡下的孩子,也许还在成长中,有着破坏陈规的热情,高高的个子,笨拙的举止。弗里德里希·施莱格尔坚持认为弗里茨是个天才。"你必须见见他,"他们对自己的朋友说,"读他的东西当然可以了解他,但怎么都不如跟他喝一次茶来得透彻。"

"等到你给他写信的时候,"狂野的卡罗琳·施莱格尔对自己的弟妹多罗特娅说道,"告诉他,让他来一次,我们可以谈论费希特、哲学和诗歌,彻夜长谈,直到天明。"

"好的,"多罗特娅说道,"我们必须再次召集所有的人,就在我的前起居室聚会。我一定要办到,否则就不罢

---

[1] 摩西·门德尔松(1729—1786),德国犹太哲学家,被称为"德国的苏格拉底",18世纪德国启蒙运动的领导人,近代犹太史上的重要人物。

休。但是,为什么我们的这位哈登贝格要在无趣的地区长官手下,像个科员一样勉强自己呢?"

"哦,但是这位长官有个侄女。"卡罗琳说道。

"她多大?"多罗特娅问道。

第十七章
意义是什么?

*

现在高卢在尤斯特家的马厩里,弗里茨就能够陪着长官巡视了。按照父亲的吩咐,他应该履行法律书记员的职责,学习商业法则。

弗里茨穿着二手的朴素衣服,虽然如此,他看上去总是不对劲,根本就不像什么书记员,高卢也是个不和谐的音符。但是长官从第一眼看到弗里茨开始,就真心喜欢这个小伙子。他们就要出去处理公务了,有件事情尤斯特觉得必须问一问,那就是关于弗里茨对法国一系列事件的看法,他想要知道弗里茨的看法是不是跟以前一样。

"法国大革命没有产生希望中的效果,"他对弗里茨这样说道,"没有产生黄金时代。"

"是的,他们把它搞成了屠宰场,我承认这一点,"弗里茨说道,"但是法国大革命的精神,我们最初听说的那种精神,最初传过来的那种精神,应该在德意志保留下来。这种精神可以转移到想象的世界,由诗人掌管的世界。"

"我觉得,"尤斯特说道,"你的职业一旦安顿下来,你就应该去从政,很有前途。"

"我们最不需要的就是政治了。在诺伊迪腾多夫的兄弟会,我至少学到了这一点。国家应该是由爱联系在一起的大家庭。"

"这听起来不太像普鲁士人。"尤斯特说道。

在给冯·哈登贝格男爵的信中,他写道,这个年轻人交到他手里,他俩的关系非常融洽。弗里德里希非常努力。谁能想得到呢,他,一个诗人,正在竭尽全力地把自己转变为商人。一件工作,他要反复做上两三次,报纸上关于商业事务的文章,他要过上几遍,比较其中用词的异同,确保自己判断正确。他做这些事情跟他阅读诗歌、科学和哲学的态度一样勤勉。"当然了,你的儿子学习起来,比普通人要快上两倍。"

"真是很有意思,虽然我应该是教导他的那个人,"尤斯特在信中继续写道,"我也的确是在教导他,但是在我从来没有注意过的方面,他教给了我更多的东西,在这一过程中,我慢慢地丢掉了一个老人的偏执狭隘。他建议我阅读《鲁滨孙漂流记》和《威廉·麦斯特的学生时代》。我告诉他说,之前我一点都不想读虚构的作品。"

"你之前从未注意到的事情是哪些呢?"男爵回信道,"拜托请给我一个例子。"尤斯特回信说,弗里茨·哈登贝格给他讲过一个寓言,尤斯特记得弗里茨说是在荷兰哲学家弗朗茨·赫姆斯特赫斯的作品中看到的——讲的是共同语言,曾经,所有的植物、星星、石头、动物都与人一样,都能平等地交谈。比如说,太阳把石头晒热,就是在跟石头交流。我们曾经懂得这门语言,我们可以再次办到的,历史总是会重演。"我对他说,总是有可能的,上帝说了算。"

男爵回信说,他的儿子不需要什么别的语言,今后他的职责就是盐矿的督察,他只需要德语。

冬天的时候,因为天气恶劣,道路往往不能通行,塞莱斯廷·尤斯特和他的实习书记员尽可能在早冬结束之前多走一些地方。"但是,我还写了些其他东西,趁着还有时间,想要读给你听。"弗里茨对卡罗利妮说道。"只有你听了,它才会真实地存在。"

"是诗歌吗?"

"是诗歌,但不是诗。"

"那就是故事?"卡罗利妮问道,她真是害怕弗里茨又拿出费希特的三元论。

"是一个故事的开头。"

"嗯,我们等拉埃尔婶婶做完晚祷告回来吧。"

"不,只读给你听的。"弗里茨说道。

"他的父母已经睡下,墙上的时钟滴答滴答地响着,单调乏味,窗外风声呼啸,玻璃窗户哗哗直响。月光照了进来,房间越发明亮。年轻人烦躁地躺在床上,回忆起那个陌生人和他的故事。'我并不是因为想到财宝,心里才翻腾着如此无法言说的渴望。'他自言自语道。'我并不渴望富有,但是我渴望看到蓝花。蓝花不断地出现在我心里,我无法想象,也无法思考其他事情了。我从来没有过这样的感受。仿佛之前的我都在做梦,又仿佛睡梦把我带到了另一个世界。因为在我曾经生活的世界里,谁会为花朵而烦恼呢?在那个世界里,就从未听说过对一朵花儿有这样疯狂的激情。但是,这个陌生人是从哪里来的呢?之前,我们从未见过这个人。然而只有我真正被他讲的故事迷住了,我也不知道是怎么一回事。我听到的,其他人也听到了,然而都没有真正在意他说的话。"

"哈登贝格,你有给别人读过这个吗?"

"从来没有。我怎么会呢?才写好的,但是有什么关系吗?"

他又说道:"蓝花的意义是什么?"

卡罗利妮看出来了,他不会自己回答这个问题。她说:"这个年轻人必须离开家去寻找蓝花。他只是想看一看蓝花,并不想拥有它。它不可能是诗歌,他已经知道诗歌是什么了。也不是幸福,他不需要陌生人来告诉他幸福是什么。在我看来,他在家里挺幸福。"

卡罗利妮并没有要求弗里茨为她诵读,现在这种特别待遇的魅力渐渐消失了。表面上,卡罗利妮依然平静苍白,心里却因为焦虑而感到寒冷。她宁愿切下自己的一只手,也不愿意让弗里茨失望,弗里茨就坐在那里看着她,大大的棕色眼睛,信任而专注,焦急地期盼她能理解。

最让卡罗利妮痛苦的是,等了一会儿后,他没有表现出一丝怨恨,甚至也没有惊奇,只是轻轻地关上了笔记本。"亲爱的尤斯滕,没关系的。"

第十八章
洛肯提恩一家

*

11月,长官带着弗里茨去了几趟当地的税务办公室。看到来了年轻的来访者,而这位年轻人还兴致勃勃,什么都学,什么都学得很快,办公室里昏昏欲睡的工作人员只好勉强打起了精神。"管理办公室并不太困难。"尤斯特告诉弗里茨。"第一,主要是要了解有什么事情;第二点就是要知道有什么事情没有做;第三点,就是什么事情已经处理完了,什么事情要派发出去;第四点,什么是派发出去了的。所有的事情必定处在这四个阶段中的某一个,还有,放错文件是大忌,不可原谅。每一项业务,都必须有记录。每一笔记录,你都得马上制作副本。没有众多的书记员,就没有文明世界,反过来说,如果文明世界没有这么多份文件,也就没有书记员的存在。"

"我觉得自己受不了书记员的生活,"弗里茨说道,"就不应该有这样的职业存在。"

"革命也无法消灭书记员的存在，"塞莱斯廷·尤斯特说道，"就连绞刑架的下面也坐着书记员呢。"

他们并肩慢慢走着，水汽慢慢聚集在他们的帽檐上、鼻子尖上，还有马儿毛茸茸的耳朵尖上，慢慢滴落下来。马儿的耳朵都转向朝着后面了，在跟天气对抗呢。在秋天的迷雾中，哪里是大地，哪里是空气，往往都分不清楚了，早上过了似乎就是下午，并不存在明显的中午。下午三点钟，窗户就亮起了灯光。

这是一年中十三个公共假期之一，萨克森和图林根的大街上甚至连烤面包的人都没有。即使这样，尤斯特还是要求格罗伊森当地的首席税收员在上午办公一小时左右的时间。弗里茨在跟他解释，有了化学，复制文件的工作有可能可以自动完成。尤斯特叹了一口气。

"不要对这里的工作提任何改善的意见。"

"办公室的管理人员也许并不欢迎我们来访。"弗里茨说道，他是第一次有了这个念头，因为在他看来，这些人仍然是奇怪的人种。

在格罗伊森和格吕宁根，尤斯特对年轻的实习书记员说，如果有人提供吃喝，那就可以用一些。他们出了小镇，沿着一条大路而上，路边都是寒风中瑟瑟发抖的树木，还有湿透的草地，秋季焚烧干草还在继续，草地上没有明火，暗火升起一股股的青烟，带着香味腾上空中。

"这里是格吕宁根庄园主的宅邸。我们要去拜访洛肯提恩上尉先生。"

房子非常大，最近才新建的，外面粉刷的是黄色的灰泥。

"这位洛肯提恩上尉是怎样的人？"

"保持大门敞开的人。"长官说道。

弗里茨朝前望去，看到了高高的黄色石头拱门之下是通往院子的大门，房子南面，巨大的入口真的都敞开着。窗户高高的，每个窗户都灯火通明。也许格吕宁根城堡的人正等着他们的到来呢。至于是不是这样，弗里茨就没有答案了。

"如果洛肯提恩在家，你就听得到他的笑声。"尤斯特说道，似乎打起了一点精神。就在这个时候，洛肯提恩出现了，一边对着仆人大喊不用管了，一边大笑着张开怀抱欢迎他们。

"塞莱斯廷·尤斯特，我的老友，我最好的朋友。"

"根本算不上吧。"尤斯特说道。

"为什么不带上你的侄女，可敬的卡罗利妮呢？"

"我带来了这位年轻人，正跟着我学习商业管理。约翰·鲁道夫·冯·洛肯提恩先生，施瓦茨堡-松德尔斯豪森亲王殿下的前上尉,请允许我给你介绍格奥尔格·菲利普·弗里德里希·冯·哈登贝格男爵。"

"我最年轻的朋友!"冯·洛肯提恩雷鸣般地说道。他又张开了双臂,上好布料的外套随着他的动作发出了嘎吱嘎吱的声音。"我向你保证,在这里,你不会觉得不自在的。"一群大狗就在大厅里,等着进进出出的人扔给它们点东西吃,这一群狗的叫声都不足以盖过洛肯提恩先生的嗓门。

"坐下!"狗的主人叫道。

现在,他们到了客厅,里面有两个好大的壁炉,烧的是云杉和松木。房间里堆满了椅子和桌子,看上去就像是家具在降价销售一般。这么多人,这么多小孩,都是谁啊?洛肯提恩似乎也不知道,就像个大笑话,他所说过的话都是个大笑话,他开始掰指头数数。"我自己的小孩——耶特、鲁迪、米米——"

"他记不住孩子们的年纪。"一位长相温和、不算年轻的金发女子说道,她正躺在沙发上。

"嗯,关于他们的年龄,那是你的事情,而不是我的。这是我亲爱的妻子威廉明妮。还有这些孩子,也不全都是我的继子女——乔治·冯·库恩,汉斯·冯·库恩,我们的索菲肯定在什么地方。"

弗里茨环视四周，一个个地望过去，冯·洛肯提恩夫人对他报以微笑，但并没有起身，弗里茨鞠躬致敬，与此同时，她的丈夫继续快活地讲个不停，介绍了一位法国家庭女教师，还说这位女教师本人已经忘了怎么说法语，另外还有数位客人，有我们的医生约翰·朗曼，"这位医生真是不幸啊，居然找不到我家人的任何毛病。"还有政府顾问赫尔曼·穆勒先生和他的妻子，两名当地的律师和路德文科中学的老师。非常清楚的是，所有的这些客人都是没有得到明确的邀请，随意短暂来访的。也许在这个地方，就没有别处可去吧。

新客人刚到，小乔治就冲出了房间，现在他回来了，扯了扯弗里茨外套的袖子。

"嘿，冯·哈登贝格先生，我刚才到马厩看了一眼你的马。它真是不中用了。你为什么不另买一匹？"

弗里茨没有注意到乔治，也没有注意到周围的人，这些人就像是浅滩上的海浪，一波波地涌上来，想要把这个有趣的新客人击碎，看一看他是什么构成的。但是他一动不动，关注地看着这个房间。

"他优雅的举止到哪里去了？"塞莱斯廷一边这么想着，一边与政府顾问交谈。

在房间尽头，一个非常年轻的黑发女孩站在窗边，懒懒地敲着玻璃,就像是要吸引外面某个人的注意力一样。

"索菲,为什么没人把你的头发扎起来?"冯·洛肯提恩夫人躺在沙发上大声说道,语气并不强硬,真的还挺温柔的。"你为什么要朝窗外看呢?"

"母亲,我在盼望下雪。下雪了,我们就可以在外面玩了。"

"在她转过身来之前,请让时间停止吧。"弗里茨高声说道。

"如果有士兵经过,我们就可以朝他们扔雪球了。"索菲说道。

"索菲,你已经十二岁了,你这个年纪——你似乎没有注意到,我们有客人呢。"她母亲说道。

听到这句话,她真的转过身来,就像是站在风中的孩子。这时突然一股风刮过来,她定住了。"抱歉,抱歉。"

第十九章
十五分钟

*

洛肯提恩先生真没有那种拥有格吕宁根大房子,或是任何房子的人的气度。他四十岁,发福懒散,就像是一头短腿猎犬一样,兴之所至,和善友好,没头没脑,在格吕宁根城堡长长的走廊上滚来滚去。

事实上,这栋房子是他后妻的第一任丈夫约翰·冯·库恩的父亲在五十年前修建的。洛肯提恩是1787年结婚时才住进这里的。但是他这种人,无论是拥有产业,还是没有产业,他的行为举止都一个样。即使发现自己可以影响多人的生活,他好像也并不发怵惶恐。

该地区的税收办公室就在主入口左边一个相对较小的前厅里。原则上,洛肯提恩作为领地的继承人,是这个办公室的主管。虽然他身体并不虚弱,可他焦躁不安,没法长时间专注任何事情。塞莱斯廷·尤斯特带着书记员很快就开始了办公。

弗里茨告诉尤斯特:"我碰到一件事情。"

尤斯特回答说,无论是什么事情,都得等一会儿,因为现在他的工作,也就是他的职责,是到前面的办公室去。以前,格吕宁根城堡的佃户把玉米、柴火和鹅带到这里;现在他们不再为萨克森的选帝侯劳作了,需要支付补偿金,于是他们又来到这里争论不休。

"我们到的正是时候,哈登贝格,但是必须立刻开始了。肯定会花上我们整个上午的时间,然后我们就可以美美地吃上一顿,无须担心,然后就是饭后甜点,我们大可自由地交谈,正餐之后小睡一下,又要工作了,从下午四点到六点。"

"我碰到了一件事情。"弗里茨重复说道。

弗里茨马上给在胡贝图斯堡林学院的伊拉斯谟写了一封信,并且立刻寄了出去。伊拉斯谟回信道:"一开始收到你的信,我还挺吃惊的,不过既然他们在巴黎处死了罗伯斯庇尔,奇怪的事情我也见怪不怪了。"

"你对我说,十五分钟决定了你的命运。你怎么可能在十五分钟之内了解一位少女呢?如果你说的是十五个星期,我还可以仰慕你洞察了一位女性的心,但是只有十五分钟,想想吧!"

"你年轻、热情似火,这位少女只有十四岁,也是热情似火。你们都是感性的人,现在有了柔情蜜意的一个小时,你们亲吻了,完了之后,你就想,这是一位少女,就跟其他的少女一个样!但是,就算你们冲破了所有的障碍,结婚了,你就可以前所未有地放纵自己,最后你会发现你陷入了自己一直都非常害怕的境地——厌倦。"

弗里茨从来不会对弟弟隐瞒,他觉得有必要指出索菲并不是十四岁,而是十二岁,他也没有柔情蜜意的一个小时,只是十五分钟,他已经提到过的十五分钟,周围都还有其他人,就站在格吕宁根城堡的大窗户边上。

"我是弗里茨·冯·哈登贝格,"弗里茨对她说道,"你是索菲·冯·库恩小姐。你十二岁了,我听见你尊贵的母亲说你十二岁了。"

索菲双手放在头发上。"扎起来,头发应该扎起来。"

"还有四年的时间,你就得考虑哪个幸运儿可以做你的丈夫了。不要告诉我那个年轻人还得征求你继父的意见!你自己怎么说呢?"

"四年的时间,我不知道自己什么样。"

"你的意思是说,你不知道你会变成什么样的人。"

"我不想变。"

"也许你是对的。"

"我就想现在这样,不想想以后的事情。"

"但是你不可能一直都是孩子啊。"

"我现在就已经不是孩子了。"

"索菲,我是个诗人,但是四年的时间里,我会成为领薪水的行政官员。那个时候我们就可以结婚了。"

"我不认识你!"

"你看到我了,我就是你看到的样子。"

索菲大笑起来。

"你总是嘲笑你的客人吗?"

"不,但是在格吕宁根,我们不这样说话。"

"但是,跟我一起生活,你会满足吗?"

索菲犹豫了,然后说道:

"真的,我喜欢你。"

伊拉斯谟不以为然。"谁能保证呢?"他写道,"保证她现在没有被宠坏,保证她直到结婚之前都不会被宠坏?你会对我说这是老话,但是老话并不总是错的。既然你说她非常美丽,那肯定会有很多其他人追求她,你又怎么能保证她没有对你不忠呢?十三岁(他怎么都不肯相信她只有十二岁)的女孩都是按照直觉行事,但是到了二十三岁,她们比我们还聪明。不要忘了,就这个话题,你经常利妮想,"但是,他总是说很多废话。他刚来的时候,他说我的手漂亮,桌布漂亮,茶盘也漂亮。"

他还在信里附了几首诗,最后一首是这样的:

请允许我看一眼未来,

那时我们的心不再充满焦虑和放弃,

而是爱和幸运。

因为我们的牺牲,最终得到了奖励,

在我们远远的身后,

青春狂野的海洋在咆哮。

等到有一天,在人生的正午,

我们一同坐在桌旁,

我们都已婚配,

身边正是我们所爱的人。

到那时,我们将回首人生清晨的场景。

谁会梦到过这一切?

心绝不会白白叹息。

卡罗利妮知道"心绝不会白白叹息"这句话,通常都是印在糖果包装纸上的一类话。但是这最后一首诗让她觉得非常痛苦。她那不存在的仰慕者,无法去爱的情人,来的食物就放在厨房的大柜子里，等着分发给穷人，一份食物配上双份的烧酒，这种烧酒口感粗糙，却能让人想起炎热的夏季。

提到哈登贝格，她们只是相互说道，真是遗憾啊，他不能留下来过圣诞节。

回魏森费尔斯的路上，弗里茨却耽搁了。他本来计划在格吕宁根拜访一下，待上几个小时。但是那天晚上，在图林根和萨克森地区，天开始下雪。东北风刮过，给每一根枝条，每一辆马车，地上留下的每个白菜桩子，都披上了晶莹剔透的白色。一切都消失了，只剩下白茫茫的一片，这一片白色既像是从大地里升起来的，又像是从天空中落下来的。

当时卡罗利妮正在帮忙清理一条通向外面水泵的路，哈登贝格从格吕宁根发来了一封信。"这么说，他还待在那里！"弗里茨在信里告诉卡罗利妮，他走不了了，现在吃住在"世界上最好客的房子里"，他这样说真的是欠考虑。他声称，雪很深，出去就会有危险，一个负责任的男人不应该去冒无谓的危险。"我要，我会，我必须，我应该，我能待在这里，谁能够与命运抗衡呢？我决定了，我是一个宿命论者。也许下一次命运就不会如此仁慈了。"

"那么大的房子，肯定有人可以清理车道的，"卡罗

第二十一章
下雪了

*

但是最后弗里茨还是不得不在魏森费尔斯过圣诞节。西多妮给他写信说,如果他不回来,伯恩哈德会非常失望,而且他也应该回来看看新出生的小弟弟。在魏森费尔斯,挂着帷幔的鹅毛床垫大床温暖舒适,大自然的赐予得以延续,所以去年生下了艾米莉,今年生下了克里斯托夫。伯恩哈德听到这个消息,一点儿也不热情。"现在有两个比我更小的了,我要吸引注意力,那就难了。"

"但是你也爱小克里斯托夫啊,"西多妮耐心地说道,"伯恩哈德,你也还只是个孩子,还过着无忧无虑的日子。"

"总的来说,我讨厌小克里斯托夫。弗里茨什么时候回来?他会回来过平安夜吗?"

在滕施泰特,卡罗利妮和拉埃尔一起照看着,把白菜埋在了地窖的沙土里,把土豆埋在了院子的泥土里。多出

"还为了写诗。"

"是的,尤斯滕,就是这样,但是你对语言也不能要求得太多。语言只能指代自己,不是通往更高层的钥匙。语言是用来表达的,因为表达就是一种快乐,至于其他的,语言就无能为力了。"

"如果是那样,语言也就是胡说八道了。"卡罗利妮反驳道。

"为什么不可以呢?胡说八道只是另一种语言而已。"

沉默。"

这并不是撒谎。她没有提到自己。但是弗里茨无比同情，立刻就表现出怜悯，这让她感到非常痛苦。她告诉了弗里茨这句话，这毕竟是一个谎言，而且就是想撒谎，这需要多大的力量啊？亲爱的弗里茨温柔而急切地谈论着通往幸福之路的障碍（弗里茨当然不能继续询问她，她刚才说的话可是心里话）——弗里茨说这些障碍只能让他们靠得更紧。卡罗利妮听着弗里茨的话，她明白了，自己和弗里茨之间凭空产生了一种新的关系，这种关系正是她最不想看到的。现在有四个人了：这位诗人；那位受欢迎的、尖声大笑的索菲；她自己，冷静的侄女，替叔父管理家务；还有一位就是她不存在的郁郁寡欢的秘密情人，肯定是一位受人尊敬的初级官员，年纪很有可能超过了三十岁。这个人越来越清晰地展现在卡罗利妮的眼前：穿着耐磨的朴素衣服，几乎可以肯定，他已经结婚了，他的身份也有可能是牧师。多么真实的画面啊，卡罗利妮如果伸出手，几乎都可以触摸到这个人了。刚才哈登贝格在她身上拉出了一个大口子，还对她说，她不明白欲望的本质，就在那一刻，这个人从这个伤口中诞生了。

"有了语言，就是为了我们能够互相了解，虽然也并不能完全了解对方的意思。"弗里茨继续激动万分地说道。

"我恋爱了,尤斯滕。"

"不是在格吕宁根吧!"

她感觉自己的身体被掏空了。弗里茨迷惑了。"你肯定非常了解那家人。冯·洛肯提恩先生就像老朋友一样欢迎你的叔父。"

"我当然知道他们。但是除了索菲,大一点的女孩子都不在家啊。"她听说叔父要带弗里茨去格吕宁根的时候,就已经盘算到了这一点。

弗里茨沉着地看着她。

"索菲是我心中的瑰宝。"

"但是哈登贝格,她只不过才……"她尽力做到温和,"而且她常常大笑。"

他说:"尤斯滕,之前,你什么都理解,你倾听别人说话。但是,我对你要求太多了,这应该是我不对。我现在明白了,你有一件事情不明白,很不幸,这也是最重要的一件事,那就是你不懂得男女之间欲望的本质。"

卡罗利妮当时不明白,过后也不明白,她就是想不通自己为什么无法释怀。也许是虚荣心,虚荣心是罪恶的,也许是极度害怕永远失去弗里茨的信任。

"不是所有的人都可以把自己的痛苦讲出来,"她说,"有些人与他们惟一爱着的人分开了,却不得不保持

第二十章
欲望的本质

*

弗里茨问他可不可以在滕施泰特过圣诞节。"如果你的家人不会因此而失望,我当然觉得没问题,"卡罗利妮说道,"我的叔叔和婶婶会很开心,我们当然会把那头猪宰了。"

"尤斯滕,我碰到一件事情。"

弗里茨病了,她一直都担心这一点。"告诉我,出了什么事?"

"尤斯滕,别人会说我俩认识的时间并不长,但是你的友谊——我都无法告诉你——即使我离开的时候,我也清清楚楚地记得你,就好像你还在我身边一样——我们就像是两个校对过时间的时钟,等到我们再见面的时候,我们之间依然没有时间差,依然一起报时。"

她心想,但是他给我读《蓝花》的开头,我都想不出来该说什么。感谢上帝,他忘记那件事了。

对我说的话——是的，甚至两个月前你还说过，就在魏森费尔斯。你这么快就忘了？"

伊拉斯谟继续写道，弗里茨信中最让他伤心的就是弗里茨那种"冰冷决然的态度"。如果弗里茨下定决心要继续，他一定会帮助哥哥的，他对哥哥的爱是不会改变的，至死方休。父亲肯定是一大障碍，"不过，我们已经多次讨论过父亲对事情发展的影响。"

"顺便问一下，"他又写道，"你和卡罗利妮·尤斯特的友情怎么样了？再见！你忠实的朋友和弟弟，伊拉斯谟。"

从自己的痛苦中想象出来的,跟自己同坐在桌边。是的,他们四个人都坐在那里。但是眼前这首诗,至少这首诗是写给她的,写给她一个人的。题目是《答卡罗利妮》。她把这封信放进了收藏这一类东西的抽屉了,上了锁。接着她像是要驱寒一样,用双臂抱紧了自己的身体。

第二十二章
现在,让我来了解她吧

*

弗里茨在洛肯提恩家待了两天的时间,魏森费尔斯修道院街的日常生活与格吕宁根城堡之间的差异真是让他惊叹。在格吕宁根,没有盘问,没有集体祈祷,没有焦虑,没有教义问答,没有恐惧。如果有愤怒,也会在片刻之间烟消云散,这里有很多在魏森费尔斯被称作浪费时间的东西。在格吕宁根早餐的时候,没有人会重重地扣下杯子,大叫"吃好了!"围绕着安静的洛肯提恩夫人(她和冯·哈登贝格男爵夫人一样,有个新生儿要照料),人来人往,就像是一幅永恒回归的画面,时间根本就不是敌人。

在格吕宁根,提到法国发生的事情,也不会有人苦恼。乔治穿着三色旗的背心就走进来了,甚至没有人会因为惊奇而小声嘀咕。弗里茨痛苦地把随性而吵闹的恶魔乔治与伯恩哈德的奇怪做了比较。还有,威廉叔父出现在魏森费尔斯就是宣告恐惧驾到,人人都祈祷他快走;而在格吕宁根,亲戚也好,朋友也好,想来就来,宾至如归,即使昨天才来过,受到的礼遇也仿佛是数月不见。

"夏天,我们就在室外的丁香花下用甜点,"洛肯提恩夫人告诉弗里茨,"到时候,你一定要为我们诵读才好。"在魏森费尔斯,一旦用完餐,等到一诵读完谢恩祷告,个个都溜了。弗里茨不知道自家院子里有没有丁香花。他觉得应该是没有才对。

因为下雪困住了,可能时间也就一两天,弗里茨知道他必须明智地利用这段时间。"索菲小姐,现在你的愿望实现了。"他看到索菲站在同一个窗户边上。她孩子气的嘴唇粉粉的,她张开嘴,就像是她自己也不知道一样,她微微伸出舌头,想要去舔窗户另一面晶莹的雪花。洛肯提恩先生从旁边经过,后面紧跟着乔治和汉斯,他用雷声轰鸣般的嗓音询问弗里茨的学业。无论他碰到谁,他都会带着真挚的兴趣询问他们的工作,当年他是施瓦茨堡-松德尔斯豪森亲王殿下的授衔军官,养成了这个习惯。弗里茨热心地谈起了化学、地理和哲学。他提到了费希特。"费希特对我们说,世界上只有一个绝对的自我,全人类共有一个身份。"

"嗯,费希特可幸运了,"洛肯提恩大声说道,"在这家里,我有三十二个不同的身份。"

"爸爸在这世上完全就是无忧无虑，"乔治大声说道，"今天水沟堵了，园丁头儿急得不行，想要爸爸指示一下怎么办，爸爸却到雪地里打猎去了。"

"我的事业是在军队里，不是在菜地里。"洛肯提恩愉快地说道。"至于打猎，这也不是我的爱好，我只是一早出去打点东西，喂饱我这一家子。"就像是变戏法一样，他从口袋里掏出一串死鸟，死鸟个个头尾相连，用线串着，他之前显然是忘了这档子事了。有一两只鸟缠在了一起，他就在那儿折腾，好像永远也弄不好的样子。

"朱顶雀！它们不经吃！"乔治大声叫道。"我一口就能嚼下三只。"

"所有的人都觉得我是无事可做，"洛肯提恩先生说道，"事实上，这是我们最忙的时候之一，我的职责之一就在于维持基督降临节集市的秩序。"

"集市在哪？"弗里茨问道。他对自己说，这里可不是谈论费希特的地方，最好不要再说了。

"哦，在格罗伊森，两英里之外的地方，"索菲大声说道，"除了夏天和秋天的集市，就只有降临节的集市了，都在格罗伊森。"

"但是，你没有去过莱比锡的集市吗？"弗里茨问她。

没有，索菲甚至还没有去过莱比锡呢。想到莱比锡，她就张开了嘴巴,眼睛发亮。

她看起来像什么,或者是像谁呢?她那浓密的头发,挺拔的漂亮鼻子,一点都不像她的母亲。她弯弯的眉毛也不像她母亲。拉瓦特尔《人相学》第三卷里面有一幅插图,是约翰·海因里希·利普斯的铜板雕刻,源自拉斐尔二十五岁时的自画像。这幅画的神情与索菲非常相像。因为是铜板雕刻,辨别不出颜色,也辨别不出肤质,只看得出那非尘世的仁爱表情,还有大大的眼睛像深夜一样黝黑。

就在第一个十五分钟,就在大厅的窗户边,弗里茨已经向索菲吐露了爱慕之心。现在,让我来了解她吧,他心想。这能有多困难呢?

"如果我们要共度人生,"他说道,"我就想要了解你的一切。"

"嗯,但是你绝对不能用'你'这个词来叫我。"

"好的,如果没有得到你的允许,我不会的。"

他心想,来试一试吧,虽然她可能更想跟弟弟妹妹玩耍呢。他们此刻站在花园与房子之间又长又宽的平台上,平台上的雪被扫得干干净净。鲁迪和米米,年纪小,吵闹欢腾,他们正在旁边玩铁环。"来吧,男爵先生,你肯定不知道该怎么敲铁环。"鲁迪尖声大叫道,但是弗里茨知道怎么玩铁环,他家里就有很多铁环,他就是玩这个长大的,弗里茨使劲地滚了滚第一个铁环,然后又卖力地滚另一个,两个铁环都滚得老远,滚到了几乎看不到的地方,孩子们追去了。

"好了,告诉我吧,你对诗歌的看法是什么?"

"我完全没有看法。"索菲说道。

"但是,你总不想伤害一个诗人的感情吧。"

"我不想伤害任何人的感情。"

"我们谈点别的吧。你最喜欢吃什么?"

索菲说,她最喜欢吃白菜汤,还有很好吃的烟熏鳗鱼。

"你觉得葡萄酒和烟草怎么样?"

"两个我都喜欢。"

"那你抽烟了?"

"是的,我继父给了我一支烟斗。"

"音乐呢?"

"我喜爱音乐。几个月之前,镇里有几个学生,他们演奏了一首小夜曲。"

"什么小夜曲?"

"他们演奏的是《你蓝色眼睛里的爱》。当然不是为我而唱了,我的眼睛是黑色的,但我的眼睛很美。"

唱歌，是的。跳舞，是的，肯定啊，但是家里人说了，要到十四岁才可以参加公开的舞会。

"我第一次在窗户边上见到你的时候，问了你一个问题，你还记得那个问题吗？"

"不，我不记得了。"

"我问你，你有没有考虑过结婚的事情？"

"哦，我害怕结婚。"

"上一次我们在窗户边谈到这个问题的时候，你可没有这样说。"

她重复道："我害怕结婚。"鲁迪跑了回来，后面跟着哭哭啼啼的米米，接着又被打发走了。（"可怜的孩子！已经跑得喘不过气来了！"索菲说道。）弗里茨问她的信仰。她马上就回答了。他们有忏悔日，当然了，星期天，他们会到教堂去，但是教堂里说的东西，她也不是全信。她不相信死后重生。

"但是，索菲，耶稣回到了人世！"

"他这样没问题，"索菲说道，"我尊敬基督，但是如果我死了还能走路，还能说话，就荒唐了。"

"你给继父说你不相信，他怎么说呢？"

"他大笑啊。"

"但是，你还要小一些的时候，你的老师对你怎么说的？你肯定有过老师吧？"

"是的，我十一岁之前都有老师。"

"老师是谁？"

"格吕宁根神学院的克格尔老师。"

"你专心听他讲课了吗？"

"有一次他很生我的气。"

"为什么呢？"

"我几乎理解不了，他不能相信。"

"你理解不了什么呢？"

"图形和数字。"

"数字和音乐一样，都不难理解。"

"唉，嗯，克格尔打我了。"

"肯定不会的，索菲。"

"是的，他打我了。"

"那你继父怎么说呢？"

"唉，这对他来说就难了。不能违抗老师啊。"

"然后呢，克格尔老师做什么了？"

"他收下了该给他的钱，然后就离开了这栋房子。"

"但是，他说什么了？"

"'我这就走了，小姐。'"

"那他就没有回来了？"

"没有，我现在太大了，什么都学不了了。"

她有些焦急地看着弗里茨，又说道："如果我像以前的人那样，见到过奇迹，也许我相信的东西会多一些。"

"奇迹并不能让人有信仰！"弗里茨大声说道，"信仰才是奇迹。"

弗里茨看出来了，她已经尽力了，她看起来挺失望的。弗里茨继续说道："索菲，你听我说。我要告诉你，我第一次看到你站在窗边时心里的感受。我们看到某些人，某些面孔……特别是某些眼睛、表情和动作，我们听到某些话，我们读到某些段落，思维就会呈现出规律……忠实于自我的人生观，没有半点自我疏远。在那一刻，从不断的变化压力之中，自我得到了释放……你懂我的意思吗？"

索菲点点头。"是的，我懂。我以前听说过这样的话。有些人一次又一次地诞生到这个世界上。"

弗里茨并没有泄气。"我不是那个意思。施莱格尔对轮回也有兴趣。你想要有来世吗？"

索菲想了想，说："是的，来世我想有金色的头发。"

冯·洛肯提恩先生坚持要小哈登贝格多住一些日子。即使他注意到了这个古老家族的年轻人在追求他的继女，他也完全不反对，但这是因为他的个性，他基本上什么都不会反对。冯·洛肯提恩夫人平静安详，看起来健康情况非常好，可还是靠着无数的枕头。听到丈夫挽留弗里茨，也是友善地点头。然而，她说，索菲的姐姐弗里德里克·冯·曼德尔斯洛就要回家长住一段时间，可以给索菲作伴了。

"我说啊，让他们都回来，"洛肯提恩说道，"分别是痛苦的！耶拿的学生年末要离开的时候，不都是这样唱吗？"

"是这样唱的。"弗里茨说道。洛肯提恩拉开嗓子，嗓音低沉得就像是从铜矿的第三层传出来的，但却不合时宜地喜气洋洋。他唱起了一首悲伤的歌："分别，为了逃避痛苦……"

"现在，我就要离开了，感谢您的盛情款待，我想要得到您的允许，我可以给您的继女索菲写信吗？"弗里茨说道。洛肯提恩的歌声停了下来，手忙脚乱地应付着自己的职责，他说，如果是索菲的母亲拆信，先读一读，那当然没有什么好反对的。

"那是当然。如果您觉得合适的话，请允许她给我回信。"

"允许！如果只是允许的问题，我允许啊！"

第二十三章
我无法理解她

*

弗里茨在日志中写道,"我无法理解她,我无法摸清她是什么样的人。我爱上了自己不理解的人。她得到了我,但是她根本不清楚是否想要我。她的继父影响了她,我现在明白了,欢乐跟虔诚一样残酷无情。她的确对我说过,她希望一直看到我快乐。当然了,她的继父还给了她一支烟斗。

"奥古斯特·施莱格尔曾写道,'在外力的作用下,如果不考虑其质量,形态是机械的,只是一种偶然的附加:比如,我们给一团湿粘土赋予了一定的形状,等粘土坚硬之后,也能保持这种形状。有机物的形态是天生的:它从内部展开,在细菌生长的过程中,获得了其定态'。

"索菲肯定也是这样的情况。我不想要改变她,但是我承认,如果有必要的话,我应该会这样做。可是在她成长的十二年中,她并不知道我存在于这个世界上,她已经

'获得了她的定态'。如果能看到一道口子,或是一道口子的影子,我能从这道口子进入,让她对我的存在有所感觉,那我应该会更幸福。

"她不相信重生。多么蛮横,多么罪恶啊。

"她说过,'没错,我喜欢你。'

"她想要让所有的人都高兴,但是不会改变自己。她的面孔,她的身体,她对生活的享受,她的健康,这一切她喜欢谈论的事情,还有她的小狗。她的性格苏醒了吗?她害怕鬼魂,她喝葡萄酒。她放在脸颊上的手。"

在修道院街的房子里,弗里茨的母亲生完克里斯托夫之后,还躺在床上。虽然从村子里请了一位奶水很多的乳娘,但克里斯托夫的生长情况也不怎么样。她一如既往地不会因自己的缘故而抱怨,她只是为小婴儿,还有伯恩哈德而痛苦。虽然不是故意的,但有人肯定是给伯恩哈德说了实话(她每年圣诞节都担心这个),伯恩哈德不再相信仆人鲁伯特的故事了。

"我记得伯恩哈德从来就没有相信过仆人鲁伯特的故事,"弗里茨对西多妮说,"他一直都知道那就是面包店的老杜姆芬恩,戴着个假胡子。"

他只把心中的秘密告诉了卡罗利妮·尤斯特、伊拉斯谟和西多妮。西多妮认为现在不适合惊动母亲，事实上，任何时候都不适合惊动她。弗里茨把西多妮拽到自己房间，从自己的书中拿出拉瓦特尔《人相学》的第三卷。"这就是我活生生的索菲。当然了，这是拉斐尔的自画像……但是，一个十二岁的女孩怎么会像一个二十五岁的天才呢？"

"答案很简单，"西多妮说道，"她不可能像。"

"但是你根本就没有见过她啊。"

"没错。但是我想，我会见到她的，等我见到她了，我还是这句话。"

他合上书。"我买的东西都装在口袋里呢。"他从口袋里掏出一把把的姜饼、针线盒、古龙水，还有一把弹弓。"西多妮，这些东西能放哪呢？你不知道装在口袋里有多不舒服。折磨！"

"放在书房里，我会在书房分发礼物。"西多妮一边说，一边留心母亲有没有叫她，母亲偶尔会可怜兮兮、怯生生地向她提出要求，现在西多妮负责全部的家务了。她已经让马夫把冷杉枝丫搬进房子，在书房里堆了起来。她保管着钥匙。只要一打开门，扑面而来的清新气味就涌进了走廊，就像是森林大步踏进了这栋房子一样。

"这些东西，我是半路在弗赖堡买的，"弗里茨说道，

"你一直都是天没亮就起来做东西,现在也是这样吧。"

"我讨厌针线活,"西多妮说道,"我做不好,永远也做不好,但是没错,我是很早就起来做东西。"

伊拉斯谟在哪呢?卡尔已经到了,安东也到了,男爵必须到阿尔滕的盐矿去一趟,但是平安夜就会回来。"正是这一点奇怪呢,弗里茨,伊拉斯谟骑马出发到格吕宁根接你了。"

"骑马!他骑什么马?"

"哦,卡尔的勤务兵在补给马匹的部门又给他找了一匹马。"

"真幸运。"

"对伊拉斯谟来说可不是好事,他驾驭不了这匹马,已经从马上跌下来两次了。"

"总有人会捎他一段路的,现在雪已经化了,路上到处都是人。但是他为什么要去格吕宁根呢?老天爷,真是太蠢了!"

西多妮反反复复地安排着弗里茨买回来的那堆亮晶晶的东西。

"我想啊,他是想要亲眼看一看你的索菲到底长什么样。"

第二十四章
兄弟

*

"弗里茨!"

伊拉斯谟从右边的楼梯冲了上来,追上了站在前门台阶上的哥哥,撞上了拿着扫帚的卢卡斯。

"弗里茨,我看见她了,是的,我去过格吕宁根了!我跟你的索菲说上了话,还跟她的一个朋友,和她家人说了话。"

弗里茨仿佛冻住了一样,站在那里一动不动,伊拉斯谟大声叫道:"我最好的兄弟,她不行啊!"

他一把抱住了比自己高很多的哥哥。"我的弗里茨,她完全不行。是的,她和气、温和,但是在智力上,她根本比不上你。伟大的弗里茨,你是一个哲学家,你是一个诗人。"

卢卡斯拿着扫帚消失了,匆匆忙忙地进了厨房,赶紧去散布他听到的事情了。

"谁允许你出现在格吕宁根了?"弗里茨问道,到目前为止,他还算平静。

"弗里茨,索菲傻乎乎的!"

"你疯了,伊拉斯谟!"

"不,我没有疯,我最好的兄弟!"

"我说了,谁允许你——"

"她的脑子空空如也——"

"最好不要说了——"

"就像一个新罐子,什么都没有,弗里茨——"

"安静!"

伊拉斯谟还是抱着弗里茨不放手。就站在修道院街的前门口,两个人就杵在那里,魏森费尔斯的人就在一英尺远的地方经过,看到这一幕,真觉得丢人啊,就像当年看到伯恩哈德在河边胡闹一样。这是哈登贝格家最大的两个儿子,男爵先生的骄傲,就要打起来了。

两个人中,伊拉斯谟更为不安。他就像冬天炉子上的水壶一样,鼻子呼着白气。弗里茨想要平静下来,毫不费力地就把伊拉斯谟压在了铁栏杆上。"老弟,你是好心,我肯定你是好心。你这是兄弟的情谊。你觉得我迷上了一张美丽的面孔。"

"不,我不是这样想的,"伊拉斯谟反驳道,"你是被迷住了，但是不是被美丽的面孔迷住的。弗里茨，她并不美丽，甚至算不上漂亮。我再说一次，索菲的脑袋空空如也，而且她才十二岁，就有了双下巴——"

"尊敬的小姐，你的兄弟们在前门的台阶上大打出手，牙都要打掉了，"卢卡斯报告道，"完全忘了平和与友谊，整个修道院街都看着呢。"

"我马上就去。"西多妮说道。

"我要通知男爵夫人吗？"

"卢卡斯，别犯傻了。"

伊拉斯谟突然造访，受到了格吕宁根城堡的热情接待。因为他哥哥的缘故，他才受到了欢迎，洛肯提恩夫人特别善待瘦弱的小个子年轻人，她觉得只要给他们多吃东西，就会长得高大结实。伊拉斯谟看到了索菲本人，他惊恐地发现这只是一个非常吵闹、非常年轻的女孩，跟自己的姐妹们一点也不像。他在那里只待了两个小时，索菲和她的一个叫热特·戈尔达克的朋友邀请他一起沿着黑尔贝河散步，去看喝得东倒西歪的轻骑兵和酩酊大醉的步兵，他们都在冰上摔倒了，两个女孩绝对不可能独自去的，他们就一起去了。没错，是热特让大家看一位正在脱衣服的下士，但是索菲没有指责她。而且索菲还吐字不清，"上午"说的是"桑午","温泉"说的是"温前","哈登贝格"说的是"哈登贝合"。伊拉斯谟毫不在意她怎么说话。他又不是教朗诵的老师。但是他从来没有见过这样没有节制的大家闺秀。

弗里茨肯定是昏头了。"你喝醉了。这是麻醉,想想吧,你神志不清了。随着时间的推移,你会清醒的,肯定会的。"

因为是圣诞聚会,还因为男爵先生随时都可能回来,两个人也不可能再多说了,不管怎样,两人吵架不是因为敌意,而是因为爱,虽然是因为爱,可这矛盾不见得就更容易处理。只好休战。

"我知道这是道德的感化。可那怎么可能是醉酒呢?"弗里茨写道。

我是否要从此远离她呢?
两厢厮守的希望
我们称之为我们的希望
如果不能完全掌控
就要被称作醉酒吗?
假以时日,
人类会成为

此刻我眼中的索菲:

人类的完美状态——

道德的感化——

人生最高的意义,

不会再被当作是酒后的梦。

第二十五章
魏森费尔斯的圣诞节

*

"男孩子们在说什么呢?"男爵夫人疑惑地问道。她已经得到了允许,挪出了简陋的大双人间,带着小婴儿搬到了楼上某个小得多,几乎就是阁楼大小的房间,这个房间曾经还用来储存过苹果,虽然天气这么寒冷,还是闻得到那种慵懒的苦甜的苹果气味。只有乳娘和从娘家带来的侍女会到这里来,当然了,还有西多妮,她疾走如风。

"啊,我亲爱的西多妮,我听到他们提高嗓门说话,虽然今天嗓门没有昨天大……告诉我吧,弗里茨谈论的是什么?"

"母亲,是道德的感化。"

听到黑尔恩胡特城的标语,男爵夫人松了一口气,往后一躺,躺在了浆洗过的枕头上。

"你准备好书房了吗——你知道你父亲喜欢——"

"当然了,当然准备好了。"西多妮说道。

"你说说,小克里斯托夫是不是长得好点了。"

西多妮可是行家,她揭开几层披肩,仔细地看了看羸弱的弟弟。他很有男子汉气概地朝着西多妮皱着眉头,西多妮露出了喜色。"是的,他真的长好了很多。"

"感谢上帝,感谢上帝。我知道自己不应该这样说,乳娘也是虔诚的灵魂,但是我真是不喜欢她。"

"我会立刻跟她谈谈,"西多妮说道,"打发她回埃尔斯特多夫。"

"然后呢——"

西多妮本以为母亲是在担心替代人选的问题,但是她看出来了,母亲担心的不是这个。"你想着要搬回自己楼下的寝室。不,不行,你的身体还没有好到那个程度。我叫人把咖啡给你送上来。"

男爵遵循的是圣诞反思的老习俗,魏森费尔斯大多数的家庭已经放弃这个习俗了。母亲要同女儿谈话,父亲要同儿子谈话,先是谈一谈这一年做得不好的事情,再谈一谈做得最好的事情。而且男爵还要求家里的孩子把心中应该告诉父母的事情痛痛快快说出来,但是孩子们都没有这样做。男爵夫人身体不适,无法从事这项工作。男爵呢?本来大家以为他会晚一点回来,结果他准时回来了。

圣诞前夕,天气晴朗无风。一整天,厨房门的门环都响个不停，整个院子都听得到。今天到哈登贝格家乞讨的人绝不会空手而归，而且这一天他们还能得到更多的东西。在上维德施塔特，圣诞前夕的压力还更大。当年，房子靠近边界线，许多人擅自进入普鲁士，他们都是些流浪汉、退伍士兵、四处游荡的戏班子，还有小商小贩，到哪里都不受欢迎。就像是河面上的垃圾聚集在河边，他们就淤积在边境线上。魏森费尔斯只有镇上的穷人、疯子，还有不幸怀孕的少女，她们付不起小街上堕胎的费用，只好怀着孩子。这些少女只有等到天黑尽了，才会来到厨房门口。

书房里，每一枝云杉条上都安放上了蜡烛，等着大放光明。桌子铺上了白色的桌布，家里每个人都有一张桌子，每张桌子上都摆放了名字，杏仁面糊做的名字，烘烤成了棕色。礼物上面没有标签。谁送的礼物，只有猜了，也许永远也猜不出来。

"平安夜，我们应该唱什么歌？"卡尔问道。

"我不知道，"西多妮说道，"父亲喜欢赖夏特的《欢迎来到这悲伤的山谷》。"

"伯恩哈德，"卡尔说，"你不要把杏仁面糊烤的字母吃掉了。"

听到这话，伯恩哈德受到了伤害。已经两年了，他什么都不在乎，就喜欢甜食。

"我敢说，今年是我最后一次高音独唱了，"他说道，"我的青春已经到了门口。"

"我想知道的是，"伊拉斯谟说道，"我们的弗里茨啊，等到父亲让我们坦白近年所做的事情，你会说什么呢。你知道我信里是怎么写的，你万事都可以信赖我。但是你对我说的话，你会不会告诉父亲呢？不是你恋爱的事情，这样的事情无需道歉，就像是小鸟无需为飞翔道歉一样，不需要，而是你迷恋上了一个十二岁的小丫头，而她透过蒙眼睛的手指，嘲笑雪里的醉汉。"

"这件事情，你们根本就没有告诉我啊。"卡尔责备道。伯恩哈德虽然依恋弗里茨，但他预见到了各种难堪，因此也是兴奋异常。

"我不会说任何与索菲不相称的话，"弗里茨宣布道，"她名字的含义是智慧。她是我的智慧，她是我的真理。"

"小姐，点灯吧，"卢卡斯急急忙忙赶过来说道，"你们尊敬的父亲就要到书房来了。"

"嗯，那就来帮我吧，卢卡斯。"卢卡斯敞开了门，家里的仆人都集合站在了外面，在阴暗的走廊里，看得见他们身上打着白色补丁的围裙。如果是在格吕宁根，这样的节日,他们会喧腾欢闹,但是在修道院街,不行。

书房里,无数的蜡烛照耀着冷杉的枝条,在高高的墙壁还有天花板上投下了巨大的阴影。房间温暖起来,冷杉的松脂味道更厚重、更浓郁了。桌子上也点着蜡烛,闪耀的烛光下是涂成金色的胡桃、白色面包做成的笼中小鸟、躺在窝里的睡鼠和玩偶、赞美诗集、弗里茨买来的针线包和小瓶的古龙水、西多妮的刺绣、柳木和桦木做成的小零小碎的东西、小刀、剪刀、手柄形状奇怪的木头勺子(几乎无法使用)、镶嵌在闪亮锡纸上面的宗教画。冯·哈登贝格走进来了,在灯光和陈设的映衬下,虽然男爵先生的脸圆滚滚的,但看上去是那么憔悴。男爵在门口停了下来,吩咐卢卡斯几句,这时弗里茨对卡尔说:"他老了,但是我还是做不到让他轻松。"

男爵走了进来,与往年不同,这一次他坐在了扶手椅子上。孩子们吃惊地看着他。平安夜,他一直都是站在这张皮革椅子的后面,书房的中央位置,远离蜡烛和礼物。

"他为什么坐下了?"伊拉斯谟咕哝道。

"我不知道,"弗里茨说道,"施莱格尔告诉我,说歌德也买了这样一把椅子,但是他只要坐在上面,就无法思考。"

他们的父亲开始讲话了,同时他用手拍打着椅子框,就像是在打节拍一样。

"你们觉得我要考察你们过去一年的行为了，有什么进步，有什么退步。你们觉得我要询问你们对我隐瞒的事情了。你们觉得——诚实地回答我的问题，这真的是你们的职责。你们想的就是这些事情，但是你们错了。这一次平安夜，1794年的平安夜，我不想听忏悔，我也不想询问你们。为什么要这样呢？嗯，事实上，我在阿尔滕的时候，收到了一封老朋友的信，诺伊迪腾多夫兄弟会以前的传道士。那是一封圣诞问候信件，他提醒我，我已经五十六岁了，按照自然规律，在这个世界上已经没多少年好活了。按照他的指点，哪怕只有一次，我不要责难，而是记住这是非常快乐的一天，这一天，所有的男人和女人都应该像孩子一样快乐，不多也不少。"因此，男爵慢慢地环视四周，看到了烛光中的桌子，看到了木头勺子，看到了金色的胡桃，"所以在这神圣的日子，我自己完全变成了一个小孩。"

男爵先生宽大的脸，胡子刮得干干净净，满脸的褶子，浓重的眉毛下面是困惑得近乎痛苦的眼睛，这是世界上最不像孩子的一张脸了。传道士很有可能没有想象过这样的情景。兄弟会的人沉浸在快乐之中，有时可能忘记了快乐对于很多人来说是多么陌生，是多么难以实现的一种情感。冯·哈登贝格沉重地抬起眼皮。

"我们不唱歌吗?"

父亲难得而古怪的温和,让伯恩哈德觉得失望,但是看到哥哥姐姐们局促不安,他就高兴了。书房里有一个小梯子,是用来取书架最上层的书的,伯恩哈德快步登上去,开始唱歌,他的嗓音依然是那种最纯粹的童音。"他诞生了,我们要爱他。"这天使般的声音就是一个信号,在外面耐心等待的仆人进来了,带着两岁的艾米莉,她坚定地走向任何发光闪亮的东西,还有一个包裹样的东西,那是小婴儿克里斯托夫。蜡烛越烧越短,点燃了旁边的松枝,伴随着噼噼啪啪的燃烧声,还升起了一股股带甜味的青烟,西多妮平静地扑灭了火。房间里灯影交错,大家忙着找自己的桌子。

伊拉斯谟站在弗里茨身边。"你现在要对父亲说什么呢?"

第二十六章
曼德尔斯洛夫人

*

什么都不说。弗里茨要接受命运的安排,抓住这个机会,什么都不说。他和伊拉斯谟之间的距离让他更痛苦,远胜过任何与父亲的争吵。

虽然他以为自己拒绝学习,但他在诺伊迪腾多夫还是学会了摩拉维亚教徒对机遇的尊敬。机遇就是上帝旨意的显示方式之一。如果他还待在兄弟会,甚至会用抽签的方式来决定妻子的人选。因为机遇,传道士的信提前送到了阿尔滕,这一来,他就不用现在跟父亲讨论和索菲的婚事了,也许可以等到自己快要独立的时候才讲这件事。但是,他知道,也会因为机遇,他的父亲任何时候都可能回归暴怒急躁的老样子。毕竟,父亲说了的,只是快乐一天。

圣诞节过了六天,在新年前夕,弗里茨收到了索菲的一封信。

亲爱的哈登贝格：

　　首先，我要感谢你的信，其次，我要感谢你把自己的头发送给我，第三，我想感谢你送给我那个可爱的针线包，拿到针线包很开心。你问我，你是否可以给我写信？你放心好了，随时给我写信都可以，读到你的信，我很高兴。你知道的，亲爱的哈登贝格，我只能写这么多了。

索菲·冯·库恩

"她是我的智慧。"弗里茨说道。

1795年新年，弗里茨到格吕宁根拜访，就问主人洛肯提恩："为什么她只能写这么多？我是个危险人物吗？"

"我亲爱的哈登贝格，她只能写这么多了，那是因为她不知道该怎么写了。找她的老师，好好问问他吧！她真的应该多学些东西才对，哈！哈！要是学得多了，她可能就知道怎么正确地写情书了。"

"我不想要正确，我想要她写长信。"弗里茨说道。

下一次给索菲写信的时候，他在信中说："你给我寄来了你的头发，我用一小张纸把头发好好地包了起来，放在了桌子的抽屉里。那一天，我想要把头发拿出来，结果头发不见了，纸也不见了。现在，请你再剪下一点你的头发。"

下一次他到格吕宁根拜访,看到了一位年轻结实的金发女子,这位女子拿着水桶走进房间。"上帝啊,我都忘了拿水桶干什么了。"她一边说,一边就把水桶重重地放在上漆的木地板上。

"这是我的姐姐弗里德里克,"索菲热心地说道,"她是曼德尔斯洛上尉的夫人。"

她长得不像她母亲,弗里茨心想,也完全不像她妹妹。

"弗里德里克,弗里茨想要我再给他写一封信呢。"

弗里茨说道:"不是的,上尉夫人。我想要她给我写成百上千封信呢。"

"嗯,可以试一试,"曼德尔斯洛夫人说道,"但是她需要墨水。"

"这家里没有墨水吗?"弗里茨问道。"跟我家一样,我们经常缺少肥皂,或是其他的物品。"

"这里什么都不缺,"曼德尔斯洛夫人说道,"我继父的书房里有墨水,其他几个房间里也有墨水。我们需要什么,就在哪里拿什么。但是索菲并不是天天用墨水。"

索菲不见了。只剩下这个大个子的金发女子,弗里茨本能地立刻向她咨询意见。"上尉夫人,按照你的建议,我可不可以请求你继父同意我们订婚,我和——"

"这一点上,我完全不能给你建议。"她平静地说道。

"你必须明白自己有多少勇气可用。困难不在于请求什么,而是何时请求。还有你的父亲,你必须考虑在内。"

"的确如此。"弗里茨说道。

"也许,他们俩可以舒舒服服地坐在一起,好好地享受抽烟斗的乐趣。"

弗里茨试着想象一下这样的画面,想象不出来。

"这样的话,不用哭哭啼啼就能解决所有的事情。我自己的丈夫是一个孤儿。他来跟我继父讨论婚事的时候,除了他还没有结婚的妹妹,他谁也不需要考虑。他自己的妹妹,当然是必须供养了。"

"感谢你的建议,"弗里茨说道,"真的,我觉得女性对生活的把握超过了我们男人。在道德上,我们超过了女人,但是女人可以实现完美,我们男人不能。虽然我们男人总结,女人具化,但实现完美的是女人。"

"我以前听说过这种说法。具化有什么不对吗?总得有人来做啊。"

弗里茨在房间里来回走动。对他而言,交谈跟音乐具有相同的效果。

"而且,我相信,所有的女性都具有施莱格尔认为很多男人缺乏的东西,那就是美丽的灵魂。但往往这一点被隐藏起来了。"

"很有可能,"曼德尔斯洛夫人说道,"你是怎么看待我的灵魂的?"

说完这句话,她看起来吓了一跳,就像这句话是从别人嘴里冒出来的一样。这个时候,弗里茨正好走到了距离她和她的水桶最近的地方。弗里茨停下来,用明亮的、半疯狂的眼神凝视着她。

"不要表现出这么感兴趣的样子!"她大声说道,"我非常愚笨。我的丈夫也非常愚笨。我们是两个愚笨的人。我不应该提到我们二人的。即使是想到我们两个人,你也会因为无聊而哭泣。"

"但是,我发现——"

她举起手,堵住了耳朵。

"不,不要说出来!我们是愚笨的人,我们认为应该由聪明人来运作这个世界,其他的人就应该一周工作六天,来养着这些聪明人,只要他们知道自己在干什么就好。"

"我们不是在谈论我,"弗里茨大声说道,"我们在谈论你的灵魂,上尉夫人。"

索菲又出现了,手里既没有笔,也没有纸,也没有墨水。她好像是到女仆的食品储藏室跟刚出生的小猫咪玩去了。"原来猫咪在那里。"曼德尔斯洛夫人说道。她现在想起来了，她提来这桶水，就是要把小猫咪扔进去淹死。本来该仆人们做的，可是说到这一项职责，他们就胆怯发怵。

弗里德里克·冯·曼德尔斯洛一直跟丈夫一起住在朗根萨尔察镇上的军营里，她的丈夫是亲王克莱门斯军队里的上尉。因为丈夫随莱茵费尔德远征军去了法国，格吕宁根只有十英里远，她就回到娘家来了。她觉得挺悲哀的，哪儿都住不长，没办法好好地铺上一块地毯（她的确有一块好大的波斯地毯）。但是，她是军人的妻子。虽然她跟洛肯提恩先生没有真正的血缘关系，但是在所有的下一代人当中，洛肯提恩先生最喜欢她了。她十六岁就结婚了，慢慢地就有了那种直率的半军人风格，但是她青花瓷一般的蓝色眼睛中有她母亲一样的自如和平静。"你是这群孩子中最棒的，"洛肯提恩对弗里德里克说，"你不应该离开这个家的。你离开对我来说是一种残忍。"

洛肯提恩觉得，每个男人家中都应该存在这么一个人。曼德尔斯洛夫人会检查地窖里的葡萄酒，帮他记账，把小猫扔到水桶里淹死，如果有必要，还能看住索菲。弗里德里克并非是出于同情和痛苦的焦虑（就像魏森费尔斯的西多妮）才出手管事的，而是她母亲只需微笑一下，她就不得不把事情扛了起来。金特出生了，后来哈登贝格又喜欢上了索菲，这之后洛肯提恩先生做过的惟一有意义的事情就是把弗里德里克接回了家。不过，除此之外，也没有什么必要的事情可做了。

第二十七章
伊拉斯谟拜访卡罗利妮·尤斯特

*

之前，卡罗利妮从没有见过伊拉斯谟，但是来人走到门前，仆人还没有介绍他的名字，卡罗利妮就知道这个人是伊拉斯谟。矮小的个子，圆圆的脸蛋，眼睛并不大，也不明亮，但他是弗里茨的弟弟。根据弗里茨以前告诉她的，她还知道伊拉斯谟肯定该回胡贝图斯堡开始下学期的学习了，也许早就该回去了。

塞莱斯廷和拉埃尔·尤斯特出去了。现在，他们专注于在这条街上不远处买园子的事情。他们要种芦笋，是的，还要种瓜类，要建一座亭子，人间天堂。他们出去和邻居喝咖啡讨论这件事情去了，关于这件事，每个人都是行家。他们当然邀请了卡罗利妮，但是她现在不太爱出门。

"恐怕这家里就只有我一个人欢迎你了，"她说道，"你哥哥当然还住在我家，但是他到格吕宁根拜访去了。"

伊拉斯谟是因为脆弱和一时起意来找卡罗利妮，或者说他想象中的卡罗利妮,弗里茨很有可能也这样想过。索菲这样的人闯入了伊拉斯谟的生活,他觉得沮丧,需要能够真正理解他的人来分担他的情绪。而且他还希望能更多地了解卡罗利妮,他和哥哥有了分歧,他们之后不能再讨论这件事情了,甚至在信中也不能讨论了。

"小姐,我要坦诚地跟您说话。"

她请伊拉斯谟叫她卡罗利妮。

"你肯定是非常了解格吕宁根城堡的,对吗?你的尤斯特叔父经常去那里,肯定有时也会带上你。"

"是的,"卡罗利妮说道,"你想了解什么呢?"但是伊拉斯谟突然就说道:"你怎么看待她?她到底是什么样的人?"

"我这个年龄,与其说是她的朋友,还不如说是她大姐的朋友,她大姐已经结婚离开家了。"

"卡罗利妮,请跟我说实话吧。"

卡罗利妮问他:"你从未见过索菲·库恩?"

"我见过。我去过格吕宁根城堡,直接敲门拜访,我来这里也是这样。我这样拜访很不得体,也真是无法解释。也许,我真的要疯了。"

"那你就是见过她了。相对她的年龄,在某些方面,她是个成熟的女孩。她走路姿态优雅,一头浓密的黑色头发,那是优点。"说到这里,她第一次坦诚地看着伊拉斯谟，心想：他怎么能这样？

"我本是希望你能回答呢。我来到这里，就是希望你能告诉我原因，而且——"

卡罗利妮平静了一下自己，摇铃叫仆人。"我叫他们给我们送点吃的喝的，虽然我们并不需要这些东西。"

"我们当然不需要。"伊拉斯谟说道。然而等到东西端上来后，他吃了好多烤面包，还喝了一些葡萄酒。

卡罗利妮心想，伊拉斯谟只有二十岁。他可怜我，他再也不会对一个甚至不认识的人有这么多的同情了。但是，卡罗利妮不想被同情。"你在这儿等一下。"不确定该做什么，卡罗利妮离开了，留下伊拉斯谟坐在那里——一个人坐在那里，他也不想再继续吃东西。然后卡罗利妮就回来了，手里拿着哈登贝格寄给她的诗。

等到有一天，在人生的正午，
我们一同坐在桌旁，
我们都已婚配，
身边正是我们所爱的人。
到那时，我们将回首人生清晨的场景。
谁会梦到过这一切？
心绝不会白白叹息。

伊拉斯谟坐在那里,几乎无地自容。"卡罗利妮,你们四个啊,你们四个人坐在桌子旁。那你另有在乎的人。"

"诗上是这么说的,"卡罗利妮谨慎地说道,"如果你想看,就把信拿过去看吧。"

卡罗利妮把这几首诗递给了他,信洋洋洒洒地写了整整两页。"真是浪费啊!背面都没有用!"

"他一直都是这样。"

"之前,你认为我爱上了哈登贝格?"

"上帝宽恕我吧,我的确是那样想的,"伊拉斯谟还是把这话说出口了,"他经常提及你。我可能是太仰慕自己的哥哥了。我盲目地认为所有人的感觉都是跟我一样的。我还真是挺高兴自己犯了个错。但是,对于那个,我们的感觉,对吧,还都是一样的。我不是要对一个小女孩不公平,请你不要这样想。你得明白,虽然我一直跟弗里茨很亲密,但我也知道总会有一天我们就不会事事都让对方知道了,到时候我也会足够坚强,他给我多少,我都会感到满足。但是,卡罗利妮,失望也是有限度的,我们对那个的感觉是一样——"

卡罗利妮用手捂住了脸,心想:他怎么能这样?他怎么能这样?

# 第二十八章
索菲的日记，1795

*

1月8日

今天我们又是独自在家，没发生什么事情。

1月9日

今天，我们又是独自在家，没发生什么事情。

1月10日

今天中午，哈登贝合[1]来了。

1月13日

今天，哈登贝合走了，我没什么好玩的了。

3月8日

今天，我们大家决定去教堂，天气不好，没去成。

3月11日

今天，我们独自在家，没发生什么事情。

---

[1] 索菲吐字不清，应为哈登贝格，下同。

3月12日

今天跟昨天一样,没发生什么事情。

3月13日

今天是忏悔日,哈登贝合也在。

3月14日

今天哈登贝合在,他收到了他弟弟的一封信。

第二十九章
读第二遍

*

1795年3月17日是索菲十三岁的生日。生日的两天前,索菲答应弗里茨,说自己要嫁给他。

6月16日,一贯体贴的卡尔从他在吕岑的驻地给哥哥寄来一对金戒指。

8月21日,卡尔再次从吕岑写信来,他说自从签订了《巴塞尔和约》,他就在吕岑过着"单调呆板的日子"。"这一次我把带皮革的马镫寄过来,还有两顶草帽,其中一顶保留了缎带,这是最新的款式。另外一顶可以按照自己的品位来戴。"一顶帽子是让伊拉斯谟送给卡罗利妮的,另一顶则给索菲,由弗里茨来负责分配;还有一个针线盒给母亲,另外就是再次送来了弗里茨的金戒指。之前弗里茨把一只金戒指寄回了吕岑,让卡尔找人在上面镌刻上索菲名字的首字母"S"。滕施泰特的珠宝匠干不了这件事情,这地方太小了,这里的人不知道草帽的最新款式,事实上根本就没有草帽卖;魏森费尔斯就更别提了,在那儿戴草帽会引起异样的眼光和闲话。从来就没有人询问冯·哈登贝格男爵是否同意。甚至没人在他面前提到过索菲·冯·库恩的名字。

而洛肯提恩一家呢,根本就不需要问。家里又有了喜事,他们高兴得很。他们请弗里茨做小金特的教父。乔治对弗里茨说,如果他考虑要结婚,那买一栋新房子绝对有必要。至于高卢,老得都可以宰来喂猫了。

令人颇为惊奇的是,对于有人觉得洛肯提恩家的人可能配不上哈登贝格家这一点,洛肯提恩夫人看上去并不在意。"她还太小了,还不能结婚呢。我甚至不知道她的例假是否正常了。等到她十五岁了,我们再来想办法解决问题吧。"弗里茨想过把这件事情告诉他父亲的好友塞莱斯廷·尤斯特,让他充当魏森费尔斯和格吕宁根之间的使者。"哦,我觉得这可使不得,"洛肯提恩先生和蔼地说道,"你也许也注意到了,长官认为我是个傻瓜。"

弗里茨把戒指给了索菲。因为不能公开戴上,她马上就挂在了脖子上。弗里茨问,可不可以给她读一读《蓝花》的开头篇。"是一个引子,"弗里茨对索菲说,"这个故事我还没有写呢。我甚至都不知道要写什么故事。我已经列出了职业、行业,还有心理类型。但是最后也许不会是小说。也许民间故事更真实。"

"嗯,我喜欢,"索菲说道,"但是不要把人变成癞蛤蟆,那就不好玩了。"

"我来诵读一下我的开篇吧,你必须告诉我这是什么意思。"听到要回答问题,索菲显然觉得有好大的压力。

"你自己不知道?"她迟疑地问道。

"我有时觉得自己知道。"

"但是还没有别人读过吗?"

弗里茨搜索自己的记忆。

"有,卡罗利妮·尤斯特读过。"

"啊,她很聪明。"

曼德尔斯洛夫人走了进来,说自己也想听听,然后就把索菲当天的针线活交给了她。即使在富裕的家庭,他们也要把床单和枕套裁开,把两边的布料换到中间部分来,这样又可以用上十年了。针线盒转移了一下索菲的注意力——"亲爱的哈登贝格,这是你给我的呢!"接着就沉默了。

"他的父母已经睡下,墙上的时钟滴答滴答地响着,单调乏味;窗外风声呼啸,玻璃窗户哗哗直响。月光照了进来,房间越发明亮。年轻人烦躁地躺在床上,回忆起那个陌生人和他的故事。'我并不是因为想到财宝,心里才翻腾着如此无法言说的渴望。'他自言自语道。'我并不渴望富有,但是我渴望看到蓝花。蓝花不断地出现在我心里,我无法想象,也无法思考其他事情了。我从来没有过这样的感受。仿佛之前的我都在做梦,又仿佛睡梦把我带到了另一个世界。因为在我曾经生活的世界里,谁会为花朵而烦恼呢?在那个世界里,就从未听说过对一朵花儿有这样疯狂的激情。但是,这个陌生人是从哪里来的呢?之前,我们从未见过这个人。然而只有我真正被他讲的故事迷住了,我也不知道是怎么一回事。我听到的,其他人也听到了,然而都没有真正在意他说的话。"

因为不清楚他还要不要读下去,两个女子膝盖上放着针线活,坐在那里都没有说话。索菲脸色苍白,她的嘴唇是淡玫瑰色的。微微张开的嘴唇柔软丰满,新嫩苍白,脸色和唇色之间是最温和的渐变色。她的一切似乎都还没有到达最佳,都没有长成,黑色的头发除外。

曼德尔斯洛夫人认真听了这段话,她说道:"这只是一个故事的开端。会怎么结尾呢?"

"我还想让你来告诉我呢。"弗里茨回答道。

"这段听起来像是给孩子写的故事。"

"不是说它不好。"索菲大声说道。

"你觉得这个年轻人为什么睡不着?"他迫切地问索菲。"是因为月光?还是时钟的滴答声?"

"哦,不是因为这些才醒着的。他是因为睡不着才注意到的。"

"没错。"曼德尔斯洛夫人说道。

"如果那个陌生人没有提到过蓝花,他会睡得很好吗?"

"为什么他要在意一朵花呢?"索菲问道。"他又不是女人,他也不是园丁。"

"哦,因为花是蓝色的,他从来没有见过这样的东西,"曼德尔斯洛夫人说道,"亚麻花,蓝色的,是的,亚麻籽花,勿忘我,还有矢车菊都是蓝色的,但它们太普通了,跟这件事没关系,蓝花完全不一样。"

"求你了,哈登贝格,这花叫什么名字?"索菲问道。

"他以前也知道,"弗里茨说道,"有人告诉了他名字的,但是他忘了,如果能够记起来,就是付出生命他也愿意。"

"他睡不着,因为他独自一人。"曼德尔斯洛夫人继续说道。

"但是房子里有很多其他人啊。"索菲说道。

"因为他是独自一人在房间里。他在寻觅与他共枕的另一半。"

"你同意吗?"弗里茨转向索菲,问道。

"我当然想知道后来又发生了什么。"她疑惑地回答道。

他说:"如果故事的开端就是发现,结尾肯定是寻找。"

索菲没有多少书。她有《赞美诗集》,有《新约四福音书》,还有用缎带扎起来的一捆名单,上面都是家里养过的狗的名字,上面有些狗早就死了,她也记不住了。现在,她又加上了《蓝花》的开篇。开篇是卡罗利妮·尤斯特的笔迹,弗里茨所有的誊写都是她完成的。

"索菲喜欢听故事,"弗里茨在笔记本上写道,"她不想因为我的爱而尴尬。我的爱对她常常是一种压力。相比于自己,她更在乎别人,以及别人的感受。但是她冷到了骨子里。"

"我把我对她的印象写了下来,但是说不通啊,"他对曼德尔斯洛夫人说道,"互相矛盾。我想请你描述一下她,从她生下来你就认识她了,从姐姐的角度,描绘一下她,写下来。"

"不可能!"曼德尔斯洛夫人说道。

"我的要求过分了?"

"非常过分。"

"你从来不记日记?"他问道。

"我记日记又怎么样呢?你记日记,但你能描述你弟弟伊拉斯谟吗?"

"他会描述他自己。"弗里茨说道。他依旧痛苦。这家里没有索菲的肖像画,只有一张破旧的小肖像,肖像的眼睛凸出来,就像是醋栗一样,或者说像费希特的眼睛。肖像上值得一看的只有头发,像瀑布倾泻下来一般地披在白色的平纹细布裙子上。全家人都被这幅肖像逗得乐不可支,索菲更是笑得前仰后合。

弗里茨问女主人,可不可以由他花钱请一位画师到城堡来给索菲画一幅画像。画师需要在家里待上几天完成素描图,但是最终的肖像是在画室完成的。

"我敢说,最后就成了我出钱,"那天晚上,洛肯提恩对妻子说道,"我不太清楚现在哈登贝格有没有收入。"其实洛肯提恩本人也没有挣过钱,只是在步兵团当上尉的时候时不时拿过薪水。但是他妥妥地娶了这位妻子,而这位妻子有非常丰厚的产业。

第三十章
索菲的画像

*

弗里茨想找一位年轻的画师。他想找一位用心画画的人,最后选中了泽韦林推荐的从科隆来的约瑟夫·霍夫曼。

夏末,霍夫曼来到了格吕宁根,那时傍晚还有亮光,路况也还好。他带着背包,以及必需品、行李、画笔和画夹。润笔费是六个塔勒,弗里茨打算卖掉一些书来支付这笔费用。当时弗里茨本人不在格吕宁根,他特别努力地在工作,但他打算尽快赶到。画师迟到了,原因是驿车晚了。洛肯提恩一家人就没有想过要等着画师,已经坐在了晚餐桌旁,现在既然画师来了,就把所有的人都给他介绍了一番。

仆人已经端上了各种汤,一道是用牛肉、高汤和鸡蛋做成的,一道是蔷薇果和洋葱做成的,一道是面包加上白菜汁做成的,还有一道是奶牛乳腺加肉豆蔻做成的。另外就是加了山毛榉坚果油的面团、腌鲱鱼和蘸甜酱的烤鹅、白水煮蛋和各种水果布丁。时时刻刻都要把胃撑得满满的,要不就有危险,至少在这一点上德国医生都是统一的意见。

胃口好!

冒着白气的煮土豆,就像一座巍峨的高山,放在桌子正中间,这样每个人都可以伸出银叉子,戳上一块土豆。很快,就像是发生了雪崩一样,这座土豆山就被削成了平地。

"画家先生,我现在可不想要你看着我,"索菲坐在桌子对面,大声说道,"现在不要研究我,我正要往嘴里塞东西呢。"

"尊敬的小姐,刚认识才几分钟,我是不会做这样的事情的。"霍夫曼平静地说道。"我只是在看桌子旁边坐着的人,从每个人的面孔上判断一下是否有真实的灵魂。"

"哦,上帝啊,我想通常没人愿意再次邀请你用餐。"曼德尔斯洛夫人说道。

"我要给你点建议,"洛肯提恩先生身体往前倾,去戳土豆,"那位是我的大女儿,我是她的继父。如果她说的话得罪了你,不要回应。"

"为什么会得罪我呢？我想上尉夫人很有可能不太习惯与艺术家打交道。"

"我们认识哈登贝格，"曼德尔斯洛夫人说道，"他是诗人，也是艺术家了。没错，我们的确不大习惯与他相处。"

主人夫妇都"来自乡间"。他们都是乡下长大的。约瑟夫·霍夫曼出生并成长于科隆的一条小街之上。他的父亲以前是位做女鞋的鞋匠，后来酗酒，手艺都废了。霍夫曼到德累斯顿学院的时候是个非常贫困的学生，现在也差不多一样穷，他靠卖乌贼墨颜料画为生，画面上总是远景，有弯弯的河流，肯定还有吃草的牛。在乡间短暂逗留后，他就会赶紧回到自己的家乡科隆，虽然拥挤油腻，却让他感到舒心。在这里，在格吕宁根，他觉得自己像个外国人。他吃不了这么多东西，他从来就没有养成这样的习惯，桌子边上这么多人，很多人他都认不出来。但是他并没有因此而惊慌失措。他想，这是属于我的时刻，我要抓住机会。这世界就会明白我的本事。

他已经想好了，在这幅画像里，索菲小姐要站在阳光下，处在少女的最后时光，即将要踏入一个女人的快乐和满足。画面里还要有她的姐姐，曼德尔斯洛夫人，她是军人的妻子，很有可能会成为寡妇，她是女人命运的受害者，要坐在阴影中。在来格吕宁根的路上，他注意到路边有很多小纪念碑，纪念的是当地的地主和捐助者，他打算的是让这两位在某个纪念碑附近摆造型让他画。这些纪念碑充当了地标，牛群也在上面蹭痒痒。纪念碑上镌刻的字迹还看得见，但是因为光线已经暗下来，看得不清楚。这些想法就像诗兴大发一样，他受到了鼓动，完全没有注意到周围的人在大声说话。他放下刀叉，清楚地说道：

"是的，那个地方，就在那个地方。"

"哪里？"洛肯提恩夫人问道。此刻，在她眼里，这位画师就是另一个需要同情的家伙。

"我要在一座喷泉附近给您的两个女儿画像，她们坐在石阶上，石阶已经陈旧破损了。远处还要看得见一抹大海。"

"我们距离大海有段距离，"洛肯提恩先生疑惑地说道，"要我说，有一百八十英里呢。在战略上，这一直都是我们的问题之一。"

"我对战略没兴趣，"年轻的画师说道，"我对流血没兴趣。不说这个，大海对你意味着什么？"

对于在座的各位而言，大海不意味什么，只意味着海水。事实上，除了洛肯提恩先生曾跟随汉诺威军队在拉策堡驻扎过之外，其他人都没有见过海。

洛肯提恩夫人温和地说,她年轻的时候,人们觉得海边的空气非常不健康,现在医生们怎么说,她就不清楚了。

第三十一章
我画不了她

*

全家人都在担心,要怎样索菲才能一动不动地坐上足够长的时间呢?之前那位给她画小肖像的人是家里一位年老的亲戚,根本没有要求她一动不动地坐着,只是在一张白纸板上将就画出了她的轮廓。霍夫曼只画了几幅动态的素描图:奔跑中的冯·库恩小姐,拿着罐子倒牛奶的冯·库恩小姐。这之后他似乎就进入了一种恍惚的状态,很多时候都待在自己房间里。

"我真心希望哈登贝格在这儿。"洛肯提恩先生说道。"我们欢迎画师的来到,我们把最上面的一间烘干室拿给他做画室,我觉得做得很好,但他好像还是不自在的样子。不过,这是该女人管的事情。"他说的"女人"当然是指曼德尔斯洛夫人了,但是曼德尔斯洛夫人一点儿也不待见霍夫曼。"我觉得他是受过训练的。要补鞋,补鞋匠也受训练,要射杀敌人,士兵也受训练。他还是拿起铅笔和画笔,开工吧。"

"是的,但是也许他画不出肖像来,"洛肯提恩先生说道,"你知道的,这可是绝活,学不会的,天生的。这就是那些人,比如说丢勒、拉斐尔,挣钱的本事。"

"我不觉得霍夫曼挣到了什么钱。"曼德尔斯洛夫人疑惑地说道。

"这就又是绝活了。他们可比表面看起来有钱,但前提是他们会画肖像画。"

索菲同情霍夫曼。她继承了母亲的性格,本能地想要安慰别人,于是她让霍夫曼把带来的画夹里的作品都拿给她看,统统赞美了一番,她也的确认为这些是杰作。最后,霍夫曼叹了一口气。"尊敬的小姐,我敢肯定,你也学过绘画。我必须看看你的画作。"

"不,我可没法给你看,"索菲说道,"我的绘画老师刚走,我就把画撕了。"

霍夫曼心想,她也不算傻。

索菲的日记:

星期二,9月11日

今天,画师没有下楼吃早餐。母亲打发男仆给他端去了咖啡,他没有开门,隔着门说了什么,意思就是他想一个人思考。

星期三，9月12日

我们开始腌树莓。

星期四，9月13日

今天很热，打雷了，什么事情都没有，哈登贝合没有来。

星期五，9月14日

今天没有人来，什么事情都没有。

星期六，9月15日

画师没有下楼来，没有跟我们一起喝烧酒。

星期天，9月16日

画师没有跟我们一起做礼拜。

星期一，9月17日

我的继父说，画师还在楼上，希望他没有把女仆搞到自己床上吧。

乔治急于想知道画师有没有搞上女仆，于是从马厩找来一把梯子，靠在了打开通风的窗口上。在魏森费尔斯，这样的举动真是想都不敢想。但是另一方面，乔治不像伯恩哈德，他绝对不会去翻看客人的行李。

乔治从马厩叫了个小伙计来扶住梯子，然后就噔噔噔地爬了上去。"你看见什么了?"小伙子在下面大声吼道。乔治干大多数事情都会叫上这个伙计。

"不清楚,里面黑乎乎的。汉塞尔,扶稳了,我觉得我听到了床垫弹簧发出的嘎吱声。"

但是汉塞尔胆怯了,松手走开了。梯子朝一边倒去,开始速度慢,最后就越来越快,乔治大叫救命,脑子还算清楚,赶紧一跳,可是后脑勺撞上了石板,外套背后的铜纽扣撞上石头,发出了响亮的声音,然后他的脑袋就像是个没人要的包袱,重重地摔在了石头上。他还算幸运,只是摔断了一边锁骨,但是第二天画师离开格吕宁根城堡的时候,他就没法在场了。

霍夫曼再次背上了他的背包、画夹、画笔和必需品,可怜兮兮地站在门厅里。洛肯提恩先生真诚友好地跟他告别,他说:"画师先生,你觉得没法再继续下去,我真是遗憾。耽搁了你的时间,你一定要允许我赔偿你。"

"不,不,是哈登贝格委托我来画画的,我自己会跟他解释。而且,"他坚定地补充道,"你一定不要以为我是无路可走的人。"

听到这话,洛肯提恩先生更确定自己的想法了,他觉得画家都是有绝活的,因此他也就宽心多了,"真是抱歉,那么多的时间你都待在楼上。但是你需要的东西,他们都给你端上来了吧？他们给了你吃的，对吗？"

"承蒙款待，"霍夫曼说道，"祝乔治少爷早日康复。"

乔治很快就能下床到处走了，他后来得知自己卧床的时候，马夫头子给了汉塞尔一顿好打，然后又说要解雇他。他非常生气，可没有人敢跟马夫头子求情，这家男主人肯定是不敢的。"这房子里没有公正了，"乔治大声说道，"那个艺术家完全不能画出我姐姐，大家都不说他，还赞美他。而汉塞尔呢，只不过按照吩咐做事而已。"

"没有人吩咐他松手啊。"男主人说道。

霍夫曼回德累斯顿的路上要经过魏森费尔斯，平时他并没有什么酒瘾，但这个时候他觉得自己需要喝上一杯，刺激一下。等到驿车驻停，他就下了车，走进了旁边的王尔德客栈，在里面碰到了弗里茨。

霍夫曼心想，我可不想见到他，然而有时候还必须做出解释。弗里茨张开双臂拥抱了他。"肖像画家！"

"我之所以会走进来，就是因为我觉得如果你人在魏森费尔斯，那肯定也是在自己家里，我没法见你了。"

"霍夫曼，别这么难过的样子。索菲给我写了一张条子，我已经知道了，你没有画完，甚至还没有开始呢。我叫杯烧酒？"

"不，不，如果你愿意的话，就叫一杯普通的啤酒好了。"霍夫曼从不敢喝烈性酒，害怕自己重蹈父亲的路。

"嗯，我们谈一谈吧。你肯定画了素描图了?"

"我画了，如果你想要，就拿去吧，但我自己对它们并不满意。"

"很显然，要画我的索菲可不是一件容易的事。但是，你知道拉瓦特尔《人相学》第三卷里面拉斐尔二十五岁自画像的雕刻板吗?"

"是的，我知道。"

"你觉得拉斐尔的样子像我的索菲吗?"

"不觉得，"霍夫曼说道，"眼睛有一点像，都是黑色，其余的一点也不像。"这啤酒就像是煮过豆子的水，他啜着这无味的啤酒，思绪渐渐稳定下来了。

"哈登贝格，我希望你不要怀疑我的技艺。我在德累斯顿接受了八年的训练，这才进入人生的舞台。但事实就是我被冯·库恩小姐打败了。最开始我关心的是场景，也就是背景，很快我就不在乎这一点了。让我迷惑的是尊敬的库恩小姐。"

"艺术家就应该有这样的感觉，"弗里茨说道，"艺术和自然都遵循相同的规律，这是亘古不变的。"

"是的。纯粹的感受绝对不会与自然相冲突。绝对不会!"

"我自己也并不是完全了解索菲，"弗里茨继续说道，"这就是为什么我想要让人给她画一幅好肖像。但是，也许我们不应该指望你——"

"哦，我一下就能看清楚她是什么样的人，"霍夫曼突然不顾一切地说道，"一个好心体面的萨克森女孩，吃土豆长大的，走过了十三年璀璨的夏天，走过了十三年的寒冬。"弗里茨做出举动想要反驳，他完全不顾，或是他太想要别人理解自己，干脆就视而不见。"哈登贝格，在这世上，只要是被创造出来的东西，无论是有生命的，或者是我们通常所说的无生命的，即便是那种完全寂静无声的东西，都有交流的欲望。每一个实体都会提出一个不同的问题，大多数时候这个问题都不是用语言表达的，甚至会说话的人也不会用语言来表达，但是在被询问时能够感觉得到。虽然大多数时候这种询问都难以察觉，甚至非常微弱，就像是穿过草地、越过围墙的教堂钟声，但是能够不断感觉到。最好的画家，一旦用眼睛看过之后，就会闭上眼睛，闭上肉眼，而不是精神的眼睛，这样他就能够听得更清楚。哈登贝格，你自己肯定也倾听过索菲的问题，你肯定煞费苦心地想要听出来是什么问题，可是我想更有可能的是索菲本人都不知道自己的问题是什么。"

"我在努力理解你的意思。"弗里茨说道。

霍夫曼把手放到了耳朵后面,对于年轻人而言,这个动作太古怪了。

"我听不到她的问题,所以我没法画。"

第三十二章
通往内心的路

*

弗里茨没有冒险把画家带回修道院街,如果去了,霍夫曼肯定会对自己的父母提到索菲的一些事情。没有别的选择,于是弗里茨就在客栈看着画家登上了去往科隆的驿车,跟他道别。

他不想直接回家,而是走出了小镇,走进了一处他非常熟悉的教堂墓地。这时已经快到傍晚时分了,澄清的黄色霞光上是淡蓝色的天空,北方的蓝天愈发湛蓝,愈发透明,就像是要揭示神的旨意一般。

教堂墓地的入口是一处很大的铁门,上面缠绕着镀金的文字。魏森费尔斯当局本打算修建铁栅栏的,可是大门修好后,木头的围栏多少也能拦住牛,不让它们进入墓地,它们就在牧师的前院里待着。院子里的牛粪深及牛的膝盖,牛儿们就站在那里,毫无兴趣地看着人来人往。坟堆上长满了草,坟堆之间的小径上也长满了草,弗里茨行走其中，雾气渐起，就快看不清脚下的路了。大多数的教堂墓地都是如此，四处散放着一些物件，一架铁梯子，一个食物篮子，甚至是一把铁锹，仿佛这里总是有事情可干，而又总是被打断的样子。有铁十字架，也有石头的十字架，就像是从土里长出来的一样，小的那些好像还在奋力生长，想要跟大十字架一样高。有些十字架已经倒地了。教堂墓地在公共假日还是家人一起散步的地方，也不能说这个地方被人遗忘，但的确管理得不好。到处都是杂草，还有几只鹅行走其中。空气里一股令人作呕的味道，牛粪堆里和教堂田产上飞来咬人的虫子，成群结队，势不可挡。

在墓地的深处，依然可以听到牧师养的牛发出的声音，这里有坟堆，还有空地，迷雾萦绕之下，坟堆变成了深绿色的岛屿，空地变成了深绿色的冥想内庭。就在弗里茨的前面，在一处空地上站着一个年轻人，还是个男孩子的模样。他低垂着头，立在黄昏中，白色的身影，沉默无语，就像是一座纪念碑。看到他，弗里茨感到安慰，他知道这个年轻人虽然还活着，却不在人世上，他还知道他们之间是没有隔阂的。

他大声说道："外部的世界是影子的世界。它把自己的影子投在了光明的王国中。等到黑暗过去，等到影子的身体离开了,看起来会是多么不一样啊。毕竟,这个世界就在我们心中。通往内心的路,一直如此。"

他回到了修道院街,非常想要找个人来谈一谈自己看到的东西。他一到家,西多妮就问他,那个在王尔德客栈跟他激动不已地说话的人是谁,戈特弗里德看到他俩了。哦,原来就是那个可怜的画家!——为什么说他可怜?弗里茨问道——戈特弗里德说了,他觉得那个画家眼中有泪花。然后,伊拉斯谟问,他有没有完成肖像?弗里茨说没有,他没能办到。弗里茨尽力做到了原谅伊拉斯谟。他们再也不会像谈论其他事情一样谈论索菲了。弗里茨觉得自己的弟弟是个难以控制的野蛮人。

"没有素描图?"西多妮问道。

"有,有几张,"弗里茨说,"只是速写而已,几条线条,一团头发。他说没法画索菲。我难过的是戒指的事情,本来等到画像画好了,就要把小幅的画像镌刻在上面的,现在我只好用那张粗鄙好笑的画像了。"

"你就不能让那枚戒指消停一会儿,"伯恩哈德放学回家了,轻手轻脚地走了进来,"总是刻过来刻过去的。最好是什么都不要刻。"

"你又没有见过那枚戒指,"西多妮说道,"我们都没有见过。"她微笑着望着自己的大哥。"我敢说,画家觉得没法画你的索菲，你并不觉得遗憾。"

西多妮焦虑地想着戈特弗里德这件事情，如果有人问他王尔德客栈里陌生人的事情，他肯定会把情况一五一十地告诉男爵的。但是，戈特弗里德并不知道他看到的人是画家，再想到自己的父亲只会专注一件事情，她也就放心了。最近，让她母亲松了一口气的是，父亲再次允许《莱比锡报》进这个家门了。弗里茨去了阿尔滕的制盐所和蒸发室，此时，父亲正着急要听弗里茨收集到了多少信息，接着他想要讨论一下，或者说是发表一下自己对波拿巴的高见，整体上，他认为这个人表现出了能力。有了这两件事情，至少明天都不会过问到戈特弗里德身上。

弗里茨走进了这栋破旧昏暗的房子，厨房的门关着，但也听得傍晚祈祷的歌声。他先去看母亲和小克里斯托夫，小家伙得了小儿暑热症，瘦得像一道影子一样。"弗里茨，你好吗？有没有需要的东西？你幸福吗？"他想要请母亲给他点什么，或是告诉他点什么，但是什么都想不出来。母亲顺口一问："你对父亲隐瞒了什么？"弗里茨抓住母亲的手说："母亲，你必须信任我！我要把一切都告诉他，是所有关于——"母亲极其少有地用力大声叫道，"不要！看在上帝的分上，无论是什么，都不要那样做！"

第三十三章
在耶拿

*

在认真开始工作之前,弗里茨去耶拿看望朋友,他在阿尔滕就考虑过工作后的情形了。老马高卢还是能够走得上三十英里,当然是有气无力的。卡罗琳·施莱格尔一直都在说,他有几百年没有来见他们了。

"我们都希望听到他以前那样说话,在他转向研究什么语法之前,"多罗特娅·施莱格尔说道,"说什么绝对语言之前。"

约翰·威廉·里特是她家里的常客,提醒她说,不能用普通的标准来衡量哈登贝格,就是耶拿的普通标准也不行,在这个城镇里,据说每二十个住户里就有十五个是教授。"对于他而言,看见的和看不见的东西之间是没有障碍的,所有的存在都化为一个神话。"

"但是,那就是问题了,"卡罗琳打断说道,"当然,他过去说过,每一天,这个世界都越来越接近于无限。现在,我们得知他感兴趣的是盐和褐煤的萃取和提纯,无论他怎么努力,这些东西都没法化为神话。"

"歌德本人就为魏玛公爵管理过银矿。"她丈夫说道。

"很不成功。歌德管理的银矿倒闭了。但是,我相信哈登贝格会管理得很好,正是这一点我才无法原谅他呢。最后,他就会成为彻头彻尾的商人。他会娶了尤斯特长官的侄女,再假以时日,他就成了长官一样的人。"

"他让自己成了笑柄,我很遗憾。"里特说道。

"他成了笑柄不是因为他的哲学,甚至不是他对盐矿的热爱,而是因为他的手和脚都好大啊,"卡罗琳说道,"我们都爱他。"

"深深地爱他。"多罗特娅说道。

到了秋天,朋友们就会一起在耶拿镇上的松树林里散步,或是在乐园散步。所谓乐园,就是那条沿着萨勒河的纤道,耶拿人称之为乐园。歌德常常在耶拿消夏,有时也会在乐园看到他,他也是在散步。现在,他已经四十七岁了,施莱格尔家的女人们称他为古老而神圣的阁下。歌德不喜欢一次就见到很多人。看到他走上来,还没等他走到跟前,人群就敏捷地散开了。弗里茨走在后面,并不想吸引这么一位伟人的注意力。

"你还是有很多话要说,"卡罗琳对弗里茨说道,"作为一个年轻人,一个将要成为诗人的人,你可以跟他谈谈,他几乎就是不可摧毁的。"

"我没什么好东西可以给他展示的。"

"没关系,"她说道,"哈登贝格,你可以跟我说。跟我说说盐吧。"

耶拿晚上的音乐会和谈话会都是人头攒动,但并不是每个人都谈吐不俗,实际上根本就没有什么好谈的。有些客人不安地站在那里,他们肯定自己是受到了邀请,但是现在人来了,主人却想不起他们的名字了。

"迪特马尔勒!"

"哈登贝格!你一走进房间,我就认出你来了。"

"我怎么走进房间的?"

迪特马尔勒当然不想说,你看上去还是那么好笑,大家都很高兴看到你。他感觉到学生时代和后来的日子之间有一道伤口,是不可恢复的鸿沟。

"你现在是外科医生了吗?"弗里茨问他。

"还不是,但快了。你看,我现在距离耶拿也不远。等到我拿到资格了,肯定比现在好。我母亲还在世,但我现在没有弟弟们了,也没有姐妹。"

"我的天，我有好多弟弟妹妹，"冲动之下，弗里茨大声说道，"到魏森费尔斯来吧，住在我家。亲爱的朋友到家做客。"

就这样，迪特马尔勒目睹了魏森费尔斯的洗衣日，真诚地告诉了冯·哈登贝格男爵，关于男爵儿子跟一个中产阶级年轻女子，或是跟任何女子搅在一起的事情，他都一无所知。

第三十四章
花园别墅

*

在滕施泰特,卡罗利妮·尤斯特听说了洛肯提恩一家请弗里茨做新生儿金特的教父。她心想,他们正在用铁链把他跟他们一家人绑在一起呢。

从胡贝图斯堡给她写信的伊拉斯谟,是她惟一的同盟军。"正如我之前给你解释过的,我自己在弗里茨里心里的位置变小了,我是准备好接受的,"他在信中写道,"至少我是对自己这么说的。但是,一个贪婪的婴儿就把他从我们身边带走,这可不行。如果说索菲·冯·库恩是个婴儿,她就不会一成不变,她会改变心意的。但是这样的想法,我也不怎么喜欢。"

弗里茨回到了滕施泰特,走进了厨房,他说自己夏天赶路,一身都是尘土,不适合进前厅。"长官先生在哪儿?拉埃尔夫人在哪儿?"

卡罗利妮真想说,他们在哪儿又有什么关系呢?你离开了这么长的时间,现在你有机会跟真正了解你的人说一说话了。你不是说我们像两块校对过时间的时钟吗?但是,她大声说道:"他们在花园别墅里。是的!花园别墅终于修建完成了。"

"我必须去看看。"弗里茨说道。他在水泵下洗脸洗手,但是等到卡罗利妮戴上披肩的时候,他又非常温柔地补充道,"亲爱的尤斯滕,你千万不要认为我忘记了我们很久之前谈论过的事情。"卡罗利妮的确认为他已经忘记了,至少是已经忘记了大半。接着他擦干脸,擦干手,再次说道,"心绝不会白白叹息,尤斯滕。"听到这话,她简直不知道自己是该高兴了,还是该不高兴。她嘴里苦苦的,就像是死水的味道。

从家里出发走到园子,他们有二十分钟独处的时间,园子在伦德郊区。弗里茨伸出胳膊,让她挽着。一路上全是邻居和熟人,他们不得不停下来说说话。所有的话都是,"啊,男爵少爷,你从耶拿回来了。""是的,从耶拿回来了。""你身体还是很健康,很高兴你从耶拿回来了。"这些人当中,很多人就待在滕施泰特,日出而作,日落而息,也许已经这样过了一万八千天了。

"活着真好啊,"有些人会说,"这么暖和的天气。"

尤斯特家的园子不大,没有树木,但是买来的时候就是一块熟田，现在已经种上了蔬菜、金银花和千叶玫瑰。这处住宅是一种现成的款式，滕施泰特有两名木匠大师，在其中任何一处都可以订做。这座园亭用描金刻字的木头镶边，很是漂亮，名字很显眼：*伊甸园*。

长官先生正在抽烟斗，这两口子就肩并肩地坐在新入口的新长凳上，笼罩在烟雾中。没有空间容下另外的人。这也是现有的园亭模式设计的一部分。他们幸福地望着园子外面的伦德，在蛇麻草藤、金银花和烟草的混合香味下半醉半迷。"你们好啊，幸福的一对儿！"还有一段距离，弗里茨就大声叫道。

尤斯特自己也非常清楚，最近自己突然对设计和安装的细节痴迷到了几乎是荒唐的地步。作为实习的一部分，他带着弗里茨到了阿尔滕，听一听不同团体的盐矿工人产生分歧后双方的意见。虽然他告诉弗里茨要仔细做笔记，但他却是急匆匆地为了园亭铺设的事情赶了回来。什么样的角度才能最大限度地晒到早上的太阳？中午之后的阳光当然要避免。

现在，虽然拉埃尔正在向弗里茨询问耶拿的老朋友的情况（语气中还是脱不了她一贯的尖刻意味，弗里茨心想），长官先生再次把门廊作为话题搬了出来。在弗里茨看来，塞莱斯廷之前似乎知道了什么是满足，但不知道什么是激情，也可以算得上一个幸福的人了。现在，弗里茨知道自己错得离谱。最终让尤斯特真正幸福的正是不满足。虽然只有把整个园亭拆了重建，才能够改建这个门廊，可是重建是不可能的，他也就永远不会满足，他就会心里一直不停地修建和重建。宇宙毕竟在我们心中。

第三十五章
索菲冷到了骨子里

*

索菲给弗里茨写信——"……我又咳嗽又打喷嚏,但是想到你的时候,好像感觉又好了。你的索菲。"

1795年秋天,弗里茨一步步地走到了格吕宁根,发现索菲无忧无虑。她正在跟金特一起玩耍呢,小金特肯定过得很顺心,因为他看到人就微笑。"他比我家的克里斯托夫结实多了。"弗里茨一阵遗憾。金特做事情总是很彻底。他也传染上了家人的咳嗽,但他只是晚上咳嗽,咳嗽声顺着走廊回荡,就像是一只大狗在叫。

"是的,他见人就笑,见人就咳嗽,"弗里茨说道,"可是他冲着我这样的时候,我还是觉得非常荣幸,自欺真是一件非常愉快的事情。"

"哈登贝格,为什么你没给我写信呢?"索菲问道。

"我亲爱的索菲啊,这一周我每天都给你写信。星期一,我在信里给你解释,虽然上帝创造了这个世界,但是如果我们没有理解这个世界,它就没有真正地存在。"

"所以这些罪恶的混沌是我们自己造成的,"曼德尔斯洛夫人说道,"给年轻的女子说这样的东西!"

"身体的事情不是我们自己造成的,"索菲说道,"我身体左边疼,这不是我自己造成的。"

"嗯,让我们都来抱怨一下身体的不适吧。"弗里茨说道,但是曼德尔斯洛夫人说自己身体一直都很好。"你不知道吗?我是公认的生来身体就好,一直都好。我丈夫这样认为,这家里所有的人也都这样认为。"

"你为什么不早点来,哈登贝合?"索菲说道。

"我现在必须非常认真地工作了,"他对索菲说道,"如果我们要想结婚,我就得有自己的收入。我每天都熬夜到很晚,阅读。"

"但是你为什么要阅读呢?你已经不是学生了。"

"如果他还是学生,他就不会读书了,"曼德尔斯洛夫人说道,"学生都不读书,他们喝酒。"

"他们为什么要喝酒?"索菲问道。

"因为他们想要知道所有的真理,"弗里茨说道,"这让他们感到绝望。"

金特睡得迷迷糊糊的,这时醒了过来,开始哭闹。

"想要知道所有的真理,"索菲问道,"要付出什么样的代价?"

"他们想不出来,"弗里茨说道,"但是他们知道只需要拿出三十芬尼,就可以喝得大醉。"

她十三岁了,以后会十四岁、十五岁、十六岁。这需要时间。人们可以说,上帝的时钟停止了运转。

但是她很冷,冷到了极点。

第三十六章
霍夫特·埃布德医生

*

弗里茨走了之后,曼德尔斯洛夫人问索菲为什么要提及她身体左侧的疼痛。"你给我说过的,关于这事,我们什么都不要说。"

"他不会知道的。"索菲认真地说道。

"那你为什么要提呢?"

"他在这里嘛,只是为了说着好玩。弗里德里克,你知道的,他没有留心嘛。我笑着说,他就没有留心嘛。"

到了11月,疼痛还是没有好转。这是索菲第一次得重病,事实上是她第一次得病。一开始,他们觉得最好不要告诉弗里茨,等到了11月14日中午,他回到了尤斯特家里,女仆克里斯特尔给他端来咖啡,告诉他说有位送信人在等他。送信人是从格吕宁根来的。克里斯特尔的心情很复杂,因为她不惜一切代价也想把这位年轻的男爵留在这个家里。他来到了这里,克里斯特尔觉得弗里茨就是属于他们的，事实上是属于她的。

"一开始，我并不怎么惊慌，"弗里茨给卡尔的信里写道，"但是后来我听到她病了——我的智慧病了——我就通知了尤斯特（我们已经开始整理这一年的账目），我也不再进一步询问，马上就出发前往格吕宁根。"

"我该给卡罗利妮小姐怎么说呢？"克里斯特尔问道，"她去市场了。"

"就把你告诉我的转告她，她就什么都明白了。"他说道。

索菲的疼痛是肿瘤的最初症状，肿瘤长在髋关节部分，与结核病相关。据说，这种疼痛会自行消失。霍夫特·弗里德里希·埃布德医生进行诊断治疗，倚重的就是这种可能性，还有就是他的经验。他从来没有机会学习布朗学说。

布朗医生著有《基础医学》一书，在此书中，布朗医生给出了主要疾病的应激性表，正常的平衡是用数字40表示的。肺结核是痨病的早期状态，在表格上显示出来远低于40。因此，针对肺结核，布朗医生开出的处方是电击、酒精、樟脑和浓汤，来辅助继续活下去的愿望。

埃布德医生完全没有想到这些东西，但是他的诊断是没有错的。这也不足为奇，他四个病人当中就有一个会死于肺结核。冯·库恩小姐还年轻，但得了这种病，年轻不见得是优势。他从未有机会听过《蓝花》的开篇，如果他听过，他肯定马上就会说自己知道蓝花是什么意思。

第三十七章
疼痛是什么？

*

索菲的咳嗽很快就让金特的咳嗽相形见绌。咳嗽的同时伴随大喘气，她觉得这喘气跟大笑很像。事实上，除了疼痛的时候，她很难不发笑。

如果这个世界上没有疼痛这回事呢？他们都还是孩子的时候，在格吕宁根，弗里德里克那个时候还不是曼德尔斯洛夫人，但已经开始管事了，星期天晚祷告之后，她就会把孩子们召集在一起，讲一个故事。

"以前，有一个诚实的店主，"她说道，"他跟所有的其他人都不一样，他感觉不到疼痛。自打出生以来，他就没有感觉到过任何疼痛，所以等到他四十五岁那年，他不知道自己病了，从来没有想过要请医生，一天晚上他听到房门打开了，他从床上坐起来，在皎洁的月光中，他看到了一个不认识的人站在他的房间里，那个人就是死神。"

当时索菲并没有听懂这个故事。

"弗里德里克，他真是幸运呢。"

"一点也不幸运。疼痛是一种警告，他就会知道自己病了。他这样，就没有警告了。"

"我们不想要什么警告，"孩子们说道，"事实上，我们惹的麻烦够多了。"

"但是他就没有时间考虑自己是怎么度过这一生的，也没有时间忏悔。"

"只有老女人和混蛋才忏悔。"乔治嚷嚷道。

"乔治，没人受得了你，"弗里德里克说道，"在学校，他们应该用鞭子抽你。"

"在学校，他们的确用鞭子抽我。"乔治说道。

埃布德医生的处方是用亚麻籽膏药敷在索菲的髋关节，膏药太烫了，在皮肤上留下了永久的伤痕。亚麻籽油的味道让人想起了开阔的森林，坚固的家具，还有守夜人擦满油的靴子，特别是市镇议员发给他的那种鞋子，因为无论何种天气，他都得穿着这双鞋子巡街，还让人想起松树和绿色的云杉。索菲的病情无疑是开始好转了。

"亲爱的好朋友，"洛肯提恩给弗里茨的信中写道，"你怎么样？这里还是老样子。索菲又是跳舞，又是蹦跶，又是唱歌，还要求我们带她去格罗伊森的集市，她的饭量惊人，睡得很香，走路也是笔直笔直的，已经不再敷药吃药了,治疗方法是每天洗两次澡,就像是水里的鱼儿一样快乐。"

"有时,我希望自己是他,"弗里茨在滕施泰特给卡尔写信,"对他而言,这个世界不是个问题,然而这一次他是对的。我亲爱的宝贝智慧有过难眠之夜,发过高烧,放血两次,虚弱得不能动弹。顺便说一句,埃布德医生有可能是个傻瓜,说是肝部发炎。11月20日之后,我们又得知,而且我们自己也能看出来,危险已经过了。"弗里茨请卡尔找一位好信差,直接给格吕宁根送去二百个牡蛎,给生病的人补一补,然后把他冬天的裤子,羊毛袜子、羊毛围巾(扎在背心底下的那种)、做绿色外套的料子,还有做马甲和裤子的白色羊毛布料寄到滕施泰特。以后他就会解释自己为什么要这些东西,等到德累斯顿集市开始,父亲一年一度见老朋友的时候,他就会回到魏森费尔斯,住上一段时间。

第三十八章
卡罗利妮在格吕宁根

*

甚至滕施泰特都有集市,专门卖猪耳朵、猪鼻子,还有用薄荷烧酒煮过的猪脖子上一条条的脂肪。大铁锅散发着猪圈和薄荷的气味。有各种各样的音乐,还有从乡下来的摊贩,他们一起跳舞取暖。卡罗利妮一开始是跟着叔父去集市,后来就是跟着叔父和婶婶一起去,今天又是三个人一起去的。她依然是个不错的年轻女子,真是可惜,没有未婚夫请她吃猪鼻!

她的叔父说:"你得去格吕宁根一趟,他们的女儿恢复了健康,要去祝贺。下周我也得因为公事去找洛肯提恩,干脆就跟我一起去吧。"

叔父肯定知道哈登贝格订婚的事情了,而且男爵先生一直被蒙在鼓里,叔父对这两件事情有什么看法呢?卡罗利妮从来没有问过他,现在也没有问。男爵先生信任叔父,把长子托付给他,而他还得隐瞒这件事情,卡罗利妮肯定叔父因此而痛苦。但是卡罗利妮也知道，她的叔父跟大多数男人一样，觉得凡是没有说出来、没有写在纸上的事情，都没有什么大不了的。

为了去拜访洛肯提恩一家，塞莱斯廷雇了一匹马和一辆双轮轻便马车。他们中途在盖伯塞休息，这里有一处领地，他对卡罗利妮说，这处产业属于冯·奥尔德斯豪森家族所有，男爵先生的第一任妻子就是这个家族的人。"这处产业已经毁了。这家人真不幸。"

到了黑男孩这个地方，他叫了烧酒，数月来，第一次仔细地看着自己的侄女，他对侄女的喜爱没有减少分毫，但是现在照顾侄女健康之类的事情已经交给了拉埃尔。他觉得自己应该为某些事情感到遗憾。

"我亲爱的孩子，成天听我讲园子和别墅的事情，你肯定厌烦了。"

她微笑了一下。尤斯特心想：那就不是园子的事情让她心烦。再试试吧。不同的年龄段，女人的烦心事不一样，但总是有的。"我早就想告诉你，几周之前，我在特雷富特看到了你的表弟卡尔·奥古斯特。"

她给出了同样的微笑。

"我的妹妹，你的姑姑路易莎，我……"

"你觉得我们两个挺合适的。但是，你知道的，我数年没有见过卡尔·奥古斯特了,他比我小。"

"没人会在意年龄的,卡罗利妮。你总是这么苍白,但是……"

卡罗利妮在自己的杯子里放了一块糖,加了一点热水。"叔父,你和路易莎姑姑不要为我安排任何婚事。就这样等待吧,直到没有了希望,直到青春狂野的海洋在身后咆哮。"

"是某个诗人或是谁写的吗?"尤斯特疑惑地问道。

"是的,是某个诗人写的。实话告诉你,我不喜欢那个表弟。"

"我亲爱的孩子,你自己才说过,已经有段时间没有见过他了。我知道具体是多久。"

尤斯特穿着冬衣外套,里衬上面的口袋里装着他最近五年的详细日记,他从外面拍了拍口袋,好像是想要叫日记回应一般。

"上一次见面,表弟就令人不快,现在也是令人不快。"卡罗利妮继续说道。"我肯定,他这样一成不变,肯定还引以为傲呢。"

"我的卡罗利妮,你千万不要变得太挑剔。"她的叔父有些难过地说道。卡罗利妮想,他现在也有点太直接了,肯定没打算这样的,说不定他马上就要担心这样说话伤害了我的感情,我不能让他担心。转移尤斯特的注意力总是非常容易的。"我敢说是哈登贝格把我带坏了,"她说道,"我敢说就是因为跟诗人说话,我才变得晕头转向。"

到了格吕宁根,发现洛肯提恩已经去了办公室,她松了一口气。长官也跟着去办公室了。卡罗利妮见了这家平静的女主人,跟她问好,欣赏了一番金特,她给金特捎来了一只乳白色的象牙手环,给索菲的是一个瓷制的糖果盒,给米米和鲁迪的是杏仁膏和姜味饼,给全家的礼物是一对野兔。

"你是个慷慨大方的好女孩,"洛肯提恩夫人说道,"住在你们家的哈登贝格在这里,他的弟弟伊拉斯谟,是的,伊拉斯谟这次也在。他常常带着一个弟弟来这儿。"

卡罗利妮的心好像打开了,又紧闭了。

"哈登贝格今天晚上会跟我们一起回滕施泰特吧?"她说道。

"唉,他们在早餐室呢。无论谁来,都欢迎,没关系,不麻烦。"洛肯提恩夫人说道,对她而言,也的确如此。"但是,我不知道为什么哈登贝格要派人送这么多牡蛎来。亲爱的,你喜欢牡蛎吗?当然了,牡蛎很容易坏。"

早餐室。里面有哈登贝格、伊拉斯谟、弗里德里克·曼德尔斯洛;乔治,显然是第一次尝试吹奏笛子;一群小狗;穿着淡粉色裙子的索菲。上一次卡罗利妮看到索菲的时候,觉得她就是个孩子,现在她依然觉得索菲是个孩子。每天晚上,她都祈祷上帝,这一辈子不要有自己的小孩,也许像索菲这样的孩子可以例外。

哈登贝格就坐在他的智慧身边,一双大脚放在椅子下面。伊拉斯谟没有想到在这儿见到卡罗利妮,一见到她立刻就高高兴兴地朝她走来。索菲看到糖果盒,真是发自内心的欢喜;她说以后再也不嚼烟草了,就只吃糖果。

"吃糖果会得疝气的。"曼德尔斯洛夫人说道。

"唉,我已经得疝气了。我对哈登贝合说,他必须叫我小风箱。"

卡罗利妮转向伊拉斯谟,就像是碰到了另一个没有淹死的幸存者一样。"我真的只需要这个,"她心想,"跟同我感受一样的人待一会儿。"伊拉斯谟握住了卡罗利妮的手,他的手很温暖,他好像要说什么的样子,但是下一刻,他就转头望着索菲,挂着溺爱的微笑,半知半觉,仿佛是个喝醉的人。

卡罗利妮感觉到了,伊拉斯谟也爱上了索菲·冯·库恩。

第三十九章
争吵

*

索菲十三岁生日，弗里茨给她写了一首诗，在诗中，弗里茨说他很难相信自己居然还有不认识索菲的时候，那就是昨日的自己，无所谓的自己，不负责任的自己，等等。昨日的自己现在永远走在了正道上。"但是他对我太坏了，"索菲对曼德尔斯洛夫人说，"我们吵架了，都结束了。"

这样说很不公平，因为她期待第一次吵架。之前她的朋友热特·戈尔达克对她说，她和哈登贝格应该吵一次架。戈尔达克告诉她，恋人们都得这样，吵过架之后，恋人之间的纽带就会更加牢固。但是我们有什么可争吵的呢？索菲问道。小事情，好像是越不重要的事情，越好。索菲和哈登贝格坐在一起，聊了大约有半个小时，也许没有这么长时间，她的哈登贝格突然爆发了，好像是心里什么东西拉得太长，一下就坏掉了一样："索菲，你已经十三岁了。到现在为止,你是怎么过的呢?第一年,你就和小金特现在一样,笑啊,吸奶啊。第二年,女孩子要比男孩发育得快一些,你就开始学说话。你学会的头几句话就是:'是什么?''我要!'。三岁的时候,你就变得更贪心了,大人杯子里的甜酒,你也喝得干干净净。四岁的时候,你开始大笑,觉得很好玩,无论什么东西,你都大笑,无论什么人,你也都大笑。五岁的时候,他们想要开始让你受教育。十一岁的时候,你什么都没有学会,你发现自己已经是女人了。我敢说,你吓坏了,跑去找你尊敬的母亲,你母亲告诉你没有什么好惊慌的。接着你就长得这样娇嫩,你不是金发女子,也不是棕发女子,这样秀色可餐,你什么都不必知道,更不要说理性的东西了。当然了,你现在哭了,这是感性,我的智慧啊,我们看一看吧,你可以哭多长时间——"

他真是没有风度,索菲伤心了。如果她做了丢脸的事情,他们就会说,你真没有风度,这是她知道的最严厉的指责。弗里茨回答说,他去过耶拿大学、莱比锡大学和维滕贝格大学,关于风度,他可比一个十三岁的东西知道得多。

"十三岁的东西,弗里克!你相信吗,你解释得了吗?"

"他自己是怎么解释的?"

"他说我对他而言是折磨。"

弗里茨接下来给索菲写信,他就说自己不可原谅、不文明、没规矩、不礼貌、错了、无法容忍、粗鲁和野蛮。

曼德尔斯洛夫人建议他不要再这样了。"不管是什么引起了不快,她已经忘了。"

"没什么原因。"弗里茨对她说。

"那就更麻烦了,她已经忘了。"

他开始着手向德累斯顿的弗里德里希·奥古斯特亲王三世提出申请,想要成为萨克森选帝侯的盐务稽查官。

第四十章
如何管理盐矿

*

魏森费尔斯盐务管理局举行管理委员会的会议，弗里茨依然负责会议记录。冯·哈登贝格男爵主持会议，助手是盐务主任贝格拉特·霍伊恩和盐务稽查官贝格拉特·森夫。森夫曾经伪造修建办公楼的发票，私吞了这笔钱用于建造自己的房子，为此他被判入狱两年，后来减刑为监禁八个星期，也就有了芥末盐务稽查官这个名字。这件事情大家都知道，伯恩哈德对这个名字大感兴趣。"真是遗憾，"伯恩哈德说道，"没法跟他聊一聊，只吃面包和水是什么样的一种生活。真有趣，我真想知道。""只要你愿意，随时都可以在家里实验一下。"西多妮说道。

霍伊恩的性格完全不同于森夫。他比两位同事略长几岁，看起来像是老古董一样，他称自己为"老霍伊恩，盐矿的活档案"。他穿着料子粗糙的长外套，灰尘似乎已经与外套融为一体，他看起来就像是从洞穴或是深深的地下通道爬出来的东西，不情不愿地出现在大白天，一出现就不是好兆头。人们之所以会这样想，部分原因是他脸色惨白，眼睛还不停地眨，而且走动还要发出嘎吱声。"这个活档案可能有点关节炎。"只要时间够，霍伊恩什么问题都能回答出来。他是先给出细目和数字，然后再查看账本，看自己给出的对不对。"而账本上的记录绝对不敢跟他的记忆有出入。"弗里茨想。

森夫呢？本是一个非常聪明的人，因为一次愚蠢的算计，可能再也没有办法靠聪明得利了，有劲儿使不出来，郁郁寡欢。每隔固定的一段时间，所有与矿区或是制盐相关的人员都可以用书面的形式提出改善意见。森夫煞费苦心地想了一个计划，他希望有一天这个计划能以自己的名字命名，他的建议就是：图林根和萨克森制盐不应该再用木材烧火，铁锅熬煮，摄氏八十度水温，应该用太阳晒制。改为晒制，就不再需要这么多的盐矿工人，周边也就不需要这么多工人的住宅区。没人理会他利用太阳能的提议，森夫之后又提出了新的方案。盐水是靠滑轮车提到地面来的，他建议增加滑轮的个数。"盐矿主任冯·哈登贝格男爵考虑这个方案，"弗里茨在会议记录中写道，"他的评论是：滑轮多少，能少用，就少用。"盐务稽查官颇为激烈地回答说，这有违进步的方向，过分节约导致的是惰性和停滞不前，十九世纪就要来到，正如康德预测的那样，人类可能终于掌控了自己，到那个时候滑轮和踏车都没有了用武之地。盐务主任霍伊恩发表意见说，如果是那样，他们就不必浪费时间讨论滑轮的事情了。督察官森夫说，他必须得接受主任的决定，但是他无法做出一副满意的样子。

"你要求的所有事情，我都照办了，"弗里茨对父亲说道，"我以后甚至还会更诚心诚意地工作。但是你不能指望我在几个月的时间就能变成老霍伊恩。"

"很不幸，我不能这样指望，实际上我也没有这样指望，"男爵说道，"即使你长命百岁，我认为你也达不到威廉·霍伊恩的境地。"

以前骑马经过乡村，他会欣赏古老的山脉。现在他用采矿者的眼光看着这些山麓丘陵，还有蕴含煤矿的山脉，寻找的是铜矿、银矿和褐煤。他打算做一个工程师，还尽可能频繁地穿上了矿工的灰色上衣和裤子，降到矿山的竖井中。

"你的儿子想要生活在地下，"尤斯特对男爵说，"回到地面，还很不情愿呢……我当然提醒他了，不要跟矿工握手，矿工觉得握手会带来晦气。听到这个，他很失望。"

"弗里茨在一页又一页的纸上写满了各种计划，要发现新的褐煤矿层，要改善瓦窑和石灰窑的管理，他还整理了气象记录，可能有助于进一步提高卤水的纯度，另外还有盐矿生产的法律笔记。但是，他同时也认为自己是地质学家、自然科学家，用他自己的话来说，就是'来到了一片崭新的土地，黑暗的星星'。"他似乎并不认为矿业是一门科学，而是一门艺术。除了艺术家，除了诗人，还有谁能理解岩石和星座之间的关系呢？山脉、山麓中蕴藏着稀有金属，蕴藏着煤炭和矿盐，也许是以前的星辰在地球上行走留下的痕迹。

"以前有过的，肯定会再次出现，"他写道，"在历史的长河里，在某个时间点，它们会像以前一样回来，跟我们一起漫步。"

卡罗利妮耐心地听着弗里茨学到的所有东西，他觉得需要给另一个聪明人重复一下自己所学的东西。弗里茨辛劳地撰写着《关于购买梅尔滕多夫煤矿报告的续篇》，她就继续做自己的针线。"等到把这些数据都联系起来，就没有人会质疑将来的收购方案了，在收购的过程中，我们完全可以承认，相较于过去的价格，农民会提出非常高的要求……"

"他们当然会，"卡罗利妮说道，"但是你为什么要做这份报告呢？"

"我没有做这份报告,之前就有人做了报告。我不得不通过报告来做报告,以此训练自己。这可是你叔父教给我的。"

"你是他最得意的门生。真的,在你之后,他不会再想教其他人了。"

"我并不那么想,我父亲并没有把我真当回事。"

"你没有把他当回事。"卡罗利妮说道。

"必须由我父亲向政府提出申请,给我一份带薪的工作。第一份工作可能会有 400 塔勒。"她停了下来,引线穿针。"尤斯滕,你肯定计算过多次,就这个数目,你和他要支撑一个家!"

她意识到,弗里茨的想象力飞驰,已经蹿到很远的地方了,如今她自己和那个不存在的人之间残忍的分离已经变成了钱的问题。显然,那个不存在的人是没有薪水的。这让她感到懊恼。自己从一开始就不应该将错就错,都是自己造成的,她后悔不已。虽然她无意如此,但终归还是她造出了这个不存在的人,这个人被刻画成了失败者,没钱娶她养她,她很不喜欢(因为这个人肯定超过了三十岁)。她觉得这个人被轻视了。她有想要为难哈登贝格的冲动。

想要为难哈登贝格,这很容易。她对弗里茨说,她本人发自内心地希望弗里茨能够找到个好职位,但是她还是对这个行业有些疑虑——这是大实话。如果伊拉斯谟还能完成胡贝图斯堡林学院的学业,他就会成为一个林业官员,挺不错的。卡尔和安东会当军官,关于军官,她一无所知,也就闭口不谈,但是矿业是从土里挖金属和盐,她自己也不止一次到过哈雷和阿尔滕的矿盐精炼厂,她本人也看到过,闻到过弗莱贝格汞合金工厂冒出来的黑黄色浓烟。大自然绝对不会创造出这么丑恶的东西,因此她忍不住会想这些东西都是有悖自然的。"哈登贝格,我们经常谈到自然。就在这个星期三晚上,你还在餐桌上说虽然人类的文化和工业在发展,自然却是不变,我们首要的责任就是考虑自然对我们的要求。"之前她是不允许自己这么说的,这一次她冒险继续说道:"你自己就把索菲比作过自然。"

说着这话,卡罗利妮把眼睛闭上了一会儿,并不急于看到效果。弗里茨大声说道:"不,尤斯滕,你不懂。矿业并没有违背自然的秘密,而是释放了自然的秘密。你必须这样想,在矿井里,你接触到了大地母亲最初的儿子们,古老的生命,它们被困在了你脚下的土地里。我自己是这样想的:金属之王在地下等待,他满怀期待地倾听着铁镐的声音,与此同时,矿工们克服万难,拼尽全力把他带到了地面的阳光中。尤斯滕,是释放!金属之王仰起头,第一次接触到阳光,他会是什么样的感受?"

她想说,"我不知道你有没有把这样的想法告诉委员会",但是她做不到。她听出来了,这就是弗里茨给她诵读《蓝花》开篇的语气。这时,他又打开了文件夹,从中拿出了另一张纸,上面是他隽秀的字迹。这是另一份研究报告,是关于食盐和化肥熔点的表格式总结。

第四十一章
十四岁的索菲

*

1796年3月15日,距离索菲的十四岁生日还有两天,这一天是他订婚的周年庆。订婚还只是口头上的,而且到现在弗里茨都还没有跟父亲谈过。弗里茨到滕施泰特的珠宝匠那儿又把戒指改了改。他解释说,这一次是为了在戒指上刻上索菲的画像,只好用那幅人人都不满意的小画像了,也是没有办法的事情。至少这幅小画像还是表现出了她惊慌而真诚的表情,也展示出了她的明暗两面的混合性。后来一想,他又对他们说,还是刻上索菲是我心灵的向导这几个字吧。他为索菲的生日写了首诗:

我找到了,我所寻找的:
我找到的,寻找过我。

1796年6月,弗里茨给父母写了信。

亲爱的父亲：

我胆战心惊地寄出了这封信，很长时间了，我都害怕告诉您这件事。我早就该告诉您了，可是机缘总是不凑巧。我的希望是否能实现，完全仰仗您是否能表现出友善和同情。这是我心底的秘密，这个秘密没有什么错，但是在这件事情上，父母和孩子往往不能互相理解。我知道您一直都想做自己孩子的保护者和朋友，但是您是父亲，通常父爱都和儿子的意愿相左。

我已经选好了心上人。她不富有，虽然也算是贵族，但家族并不古老。她就是冯·库恩小姐。她的家在格吕宁根，母亲是家产所有人。一次例行公务拜访她的继父，我认识了她。这一家人都对我很友好，很信任。但是索菲长久以来还是犹豫不决。

我早就应该把这件事情告诉您，并征得您的同意，但是11月初的时候，索菲得了重病，现在也只是在缓慢地恢复。您能再次让我的内心平静下来。我请求您同意并且批准我的选择。

其他事情只有跟您口头交流了。我人生中最幸福的时光取决于您。没错，结了这门亲，我交往的范围就会受到局限，但是我的未来取决于勤奋、信仰和节俭,还有索菲的智慧和勤俭持家。她不是大手大脚长大的孩子,她知足常乐,她需要的就是我所需要的。这一刻是这么重要,这么让人担忧,这么难挨,上帝祝福这一刻吧。您想说什么都可以,但是只有父亲您同意了,我才会幸福。

弗里茨

亲爱的母亲:

两周之后星期三的晚上九点钟,我在魏森费尔斯的花园等您。我知道您疼爱我,我没有必要再提什么其他的要求。

弗里茨

霍夫特·埃布德医生不知道接下来该怎么办,但他一直都是这样,也就习惯了。他也注意到了在格吕宁根,他的病人有太多人陪伴,太多的事情可兴奋,太多的小狗和笼子里的小鸟,滔滔不绝的哈登贝格来拜访的次数也太多了。奥地利的魏森塞有一处疗养院,埃布德医生拥有疗养院的部分产权,他就把索菲送到那儿去待了几天。糟糕的是那个地方比格吕宁根还潮湿,而且不通风。"这房子都没有人了。"洛肯提恩不满地说道,因为乔治也大了,马上要被送到莱比锡的一个学校去。家里就只剩下二十六个人了。洛肯提恩把自己的担心扔到了脑后，就像是暂时不需要捕鼠夹了，就放到了架子上。

"嗯，男爵先生怎么说呢？"曼德尔斯洛夫人问道。

"我给他写信了，"弗里茨说道，"也给母亲写信了，我给他们解释——"

"他们肯定都知道了。你以前和我说过，你的朋友，医生助理迪特马尔勒从耶拿到你家做客，就这个话题，你父亲就审问过他。在收到你的信之前，他不知道的可能就只有索菲的名字吧。"

"我必须问你一件事，"弗里茨急切地说道，"我们坦诚而谈吧。假如我的父亲不允许，假如我的父亲要把我跟我的智慧，我心脏里的血液分开。你生活在这里，生活在乐园一般的地方，你根本就不知道那种毫无公平可言的权威究竟意味着什么。"

"我知道分离是什么。"曼德尔斯洛夫人说道。

"我父亲结过两次婚。我已经二十四岁了，即使没有父亲的允许，我也可以结婚，不会触犯萨克森区的任何法律。等到索菲十四岁了，我们结婚，她也不会触犯任何法律。弗里德里克，你觉得她会跟我走吗？她会冒天下大不题，什么都不想要，只为了跟我在一起吗？"

"你靠什么来养活你自己？"

"我们不会需要多少钱的。我可以当兵，做誊写员，做记者，甚至是守夜人。"

"贵族是不可以从事这些职业的。"

"换一个名字——"

"如果要拿到身份文件，你就得换一个国家了，你不想去南方吗？"

"啊，南方，弗里德里克，你了解南方？"

"一点也不了解，"曼德尔斯洛夫人说道，"谁会带我去那儿呢？只有等到军队在那里驻扎，我才能到那柠檬树开花的地方。"

"嗯，但是你还没有回答我的问题。"

"你想要让她离开家，她所有的记忆都在这里，看在上帝的分上……"

"那你是觉得，她不会有勇气离开家？"

"如果你不知道自己要面临的是什么，勇气就只是无知而已。"

"背叛，弗里德里克！勇气不仅仅是忍受，勇气是面对人类的非难或是上帝的非难，还有力量创造你自己的生活，如此一来，你的每个白天和夜晚都是你所想象的样子。勇气让我们成为梦想家，勇气让我们成为诗人。"

"但是不会把索菲变成一个称职的管家。"曼德尔斯洛夫人说道。弗里茨无视这句话，继续疯狂地重复道："她会跟我走吗？她忍受得了分离吗？有了我的爱，这一切都会变得容易。她会来吗？"

"上帝宽恕我吧。我担心她可能会吧。"

"为什么你要担心？"

"我禁止你求她离开。"

"你禁止我——"

"就算不是我，别人也会这样做。"

"但是那个人会是谁呢？"

"你居然不知道？"

第四十二章
花园里的男爵夫人

*

冯·哈登贝格男爵给尤斯特长官写了一封信。

  这个冯·库恩,也就是这位索菲的亲生父亲是谁?我听说他是威廉·库恩的儿子。威廉·库恩在1743年,也就是五十年前获得了格吕宁根和下托普夫施泰特的产业,之后,不知怎么的就搞到了贵族的封号。到了后来,他的儿子,也就是这位索菲的父亲在格吕宁根安顿了下来。他的第一任妻子姓施密特;妻子死了。他的第二任妻子叫沙勒,接着他就死了。这位寡妇找了一个叫洛肯提恩上尉的,据我所知是施瓦茨堡亲王军队的人,接着这个人就成了格吕宁根和下托普夫施泰特的男主人。我想这个洛肯提恩还没有自信去申请贵族称号吧。

尤斯特长官给冯·哈登贝格男爵写了回信。

我只能重复我之前说过的话，我按照训练政府官员的流程教导了你的儿子，跟他谈话，我也看到了新的天空。

冯·哈登贝格男爵给尤斯特回信。

你想看什么样的天空都可以，可是，你为什么要带他到洛肯提恩家里去呢？

男爵把弗里茨的信带到了莱比锡，在只允许贵族参加的俱乐部里面，他跟老朋友坐在一起。这是夏天，俱乐部的成员禁止侍者打开临街的窗户，窗户上都有水蒸汽了，房间里热得要死。坐在这里，他跟老朋友们商量，该怎么回长子的信。男爵拉住年老的尤利乌斯·冯·施魏尼茨伯爵和稍微年轻一点的冯·罗本伯爵，问他们，如果他们的长子坚持要娶杂货店老板的女儿，他们会怎么办。也许他的精神状态有一点点崩溃的迹象吧。

弗里茨请母亲在花园见面，只是为了躲开父亲，但他没有想到这对母亲来说是多么出格的一件事。如今，奥古斯特很少走出房子，从来不会独自出门，从来不会在晚上出门，更不会没有男爵的允许就出门。她对女仆说，把她的黑色披肩拿出来，她要一个人到花园里去，她的老女仆就开始了祈祷。等到男爵夫人走下了后面不熟悉的小楼梯，厨房里和院子里人都知道了，大家都很紧张。楼梯通往花园，在楼梯下面，花匠领头已经等在那里了，手里拿着灯，为她打开了园门。这很好，因为她没有钥匙，也没有想过怎么才能进花园。

通常她会说抱歉，或是解释一下自己为什么要这样，但是今晚她没有。她并不是特别为弗里茨焦虑，而是因为被需要、被告知在花园里见弗里茨而满足。

她就在大门口站着，听着鸟儿在半梦半醒中发出的奇怪啾啾声，它们整夜都会这样叫的。鸟儿就住在那棵巨大的樱桃树上，夏季收成好的时候，这棵树可以收两百磅重的果实呢，等到清晨第一缕阳光照射下来的时候，鸟儿们还可以趁着花匠的儿子没有来，好好地饱餐一顿。樱桃几乎都成黑色了，但还是能从密密的树叶中辨认出来，空中似乎是没有风的样子，但樱桃还是轻轻地摇摆着。

弗里茨已经到了，他从花园的下方走过来迎接母亲。
"母亲，您知道我不会让您等我的。"

以前让母亲等过的无数次都不存在了。"亲爱的弗里茨,你去见过你父亲了吗?"

"还没有。"

他们在两把木头老椅子上坐下了,这两把椅子整个夏天都扔在樱桃树下。弗里茨出生的时候,病快快的,蠢蠢的,大家都怪她,她也认了。数月的低烧之后,弗里茨长高了,变瘦了,他们都说弗里茨是个天才,也没人觉得是她的功劳,她也没觉得该是自己的功劳。弗里茨问她,为什么要戴上冬天的披肩。

"母亲,这是 6 月呢。要不我也不会请你到外面来见我。"

现在,奥古斯特也觉得这披肩挺荒唐的。"但是弗里茨,戴着这个,我觉得安全。"弗里茨微笑了一下,不必说"跟我在一起,你是安全的"这样的话。

男爵夫人突然有了非同寻常的想法,此时昏暗和芬芳对她而言几乎就是神圣的,她要抓住这一时刻跟自己的大儿子谈一谈她自己。她所有想说的可以用两句简短的话来表达:她四十五了,她不知道剩下的人生该如何度过。弗里茨突然凑了过来,说:"您知道的,我只有一件事情问您。他读了我的信吗?"

她立刻恢复了常态。"弗里茨,他肯定是读过了,但是具体的,我就不知道了。他从来不把自己的信件给我看,但是,上帝宽恕我,我也没有把自己的信给他看。不过,明天晚上祈祷的时候,全家都要在场,有一件重要的家庭事务要讨论。"

"但是,母亲,您是站在我这边的,告诉我,您是站在我这边的。您支持我已经做的事情,而且也支持我要做的事情。我是按照自己的心,自己的灵魂在做事,您不能反对我。"

她大声说道:"不!不!"。可是等到弗里茨要继续说下去的时候,她回应道:"如果是这样,你为什么不告诉你父亲自己的感受呢?但是,我必须服从他,这是自然的。"

"胡说,在自然界,雌性动物往往比雄性动物强壮,雌性统治雄性。"

"你说的是鸟儿和昆虫吧,"男爵夫人怯生生地说道,"但是,弗里茨,它们什么都不懂啊。"

知道母亲盲目地顺从父亲,弗里茨说道:"您必须告诉父亲,只同意我订婚是不够的。我们必须有地方可住,我和索菲,我们两个人,要单独住在一起。您懂我的,您还没有到健忘的年龄呢。"

奥古斯特想起了自己当年第一次和男爵单独相处的感

受。但现在的问题是，在这一刻，在这压得人喘不过气来的夏日夜晚，她的儿子几乎就像个陌生人。"是的，弗里茨，那当然。"

她费力地从衬裙上面的口袋里掏出一个小包。

"最最亲爱的弗里茨。这是我的金手镯。嗯！我有其他的金手镯，但这个真的是我的，不是你父亲给的。我十二岁那年行按手礼，我教母给我的。之后，被我撑大了一点，但只是一点而已，我想把这个给你，拿去改一对订婚戒指。"

"母亲，已经有订婚戒指了，看！"

索菲是我心灵的向导。

"真的，母亲，我不能收您的手镯，我不需要，您收起来吧，给自己，或是留给西多妮。"

体贴可能会比忽视更加让人痛苦。然而，男爵夫人也很少有机会体验到这一点。

回到自己的房间——她还是住在房子的最上层——她就想，如果弗里茨能够一直在家里，甚至还带着新婚妻子在家里，就再也没有比这更幸福的尘世生活了。接着，她就祈祷上帝原谅，虽然只是这么一下，她忘记了伯恩哈德的幸福。

伯恩哈德本人却在坚持不懈地思考。"我们会怎么样呢，西多妮？"他哀怨地问道。"你会嫁给谁呢？你真是挑剔啊，洗衣日来的那个学医的家伙，不停地看你，你却毫无感觉。你很有可能会成为老姑娘。我知道，卡尔和安东已经有能力养活自己了，伊拉斯谟要成为林务官，就要通过第一次考试……"

"我已经通过了，"伊拉斯谟说道，"院长向我表示祝贺，父亲也是，还有弗里茨。他给我送来一本《鲁滨孙漂流记》。"

"那就借给我看看呗。"

"是英文的，"伊拉斯谟说道，"你又不认识英文。"

"说的没错，"伯恩哈德深深地叹了一口气，"那些疯狂的林业词汇，我看不懂。"

"任何情况下，"安东说道，"你都不能把书借给别人，也不能把女人借给别人。没有人会觉得应该归还这两样东西。"

"安东，你在学卡尔说话，"西多妮说道，"但是你学得很不像。"

"我只是感觉家里就快要为我做安排了。"伯恩哈德说道，他一边说，一边站了起来，就像是他卧室墙上挂的那幅少年基督站在长者中的画一样。

"你知道自己会当侍从官。"安东说道。"图林根和萨克森选帝侯的宫廷对自己的这个侍从官还一无所知呢。"

"我请你们所有的人想想,"伯恩哈德大声说道,"哪个有理智的人会认为我能当侍从官呢?侍从官应该做到的,我一样都做不到。"

眼泪从他脸颊上滚落下来,不过哈登贝格一家人的情绪还算是轻松。弗里茨跟母亲谈话后,甚至都没有在家过夜。男爵要离开家几天,带上了虔诚的戈特弗里德做心腹男仆。家里音乐的主题没有变,但是调变了,整个房子感觉少了一点灵魂的关注,多了一点肉体的关注。今天早上八点半,他们依然还在用早餐。男爵夫人还没有下楼。伊拉斯谟和安东伸开四肢,半躺在椅子上。窗子全打开了,随着空气的流动,樱桃树的气味进入了房间,甚至还能闻到酸樱桃的味道,酸樱桃种来就是为了酿樱桃白兰地,这种果子要到秋天才会结果。从远处,从房子外面甚至还飘来了收割第一次干草的气味。他们四个人,甚至伯恩哈德都知道,这个清晨,他们是幸福的,但是大家都理智得很,就是彼此之间,也没有谈到这个话题。

男爵是到诺伊迪腾多夫的兄弟会征求传道士的意见去了。他甚至不嫌自己话多,还提到了家族的产业——已经破产的上维德施塔特，卖给了陌生人的另外四处产业，还有施洛本，可爱的施洛本有白杨树和磨坊的水流，他希望退休之后就住在那里，把那儿当作兄弟会里某些老年教友的聚会中心。

"我的长子无视我的希望。如果把上维德施塔特和施洛本交到他手里，我不知道他会做出什么来。他应该和贵族结亲，找一个富有的女子，只有这样才算是体面。不要指责我总是想着钱的事情，我真的是不愿意考虑钱。最近法国发生的事情，这个世界真是被翻了个底朝天，儿子们再也不考虑父亲的困境了。"

传道士点点头，他说，如果哈登贝格愿意听取他的意见，他就说一说。男爵说愿意。第二天男爵就带着戈特弗里德打道回府。他们没有在客栈停留，也几乎不说话。两人之间无声的交流胜过了话语。

1796 年 7 月 13 日《莱比锡报》
克里斯蒂亚娜·威廉明妮·索菲·冯·库恩
格奥尔格·菲利普·弗里德里希·冯·哈登贝格
  宣布订婚
格吕宁根   魏森费尔斯

第四十三章
订婚宴

*

仆人们从院子穿过大门,来到了修道院街上。男爵从莱比锡订了一架钢琴,送货的到了。

钢琴该怎么搬,或者说该怎么被搬呢?个个都是行家。你个大傻瓜,不要走前门台阶!往右边一点!如果把钢琴腿去掉,搬起来要容易一些。

钢琴终于在客厅里摆放停当,外面的稻草和粗麻布也去掉了,看上去真美,在这个清苦的家里真是件罕见物品。但是,在这之前,钢琴就在这家里引起了很多的麻烦,男爵虽然下定决心要把大键琴换成钢琴,可是他迟迟不能决定到底是该买戈特弗里德·西尔伯曼钢琴,还是该买史坦钢琴。"西尔伯曼的钢琴声音更为洪亮,"威廉叔父写信来,"但是弹奏起来感觉比史坦钢琴笨重。但是,即便是史坦钢琴也必须从维也纳订购。"

"这是威廉写的信,"男爵大声嚷嚷道,"他连音符都分辨不出来。他马厩里的马认识的音符都比他多。"男爵则是继续提出建议，然后又否定建议。"法国制造商是最好的，"老霍伊恩笃定地说，"巴黎局势不容乐观，他们都逃走了，去了伦敦避难，住在大英博物馆里。你可以问问他们。"

如果有人要咨询男爵夫人的意见，她就会说，乐器方面，她根本不喜欢钢琴，她觉得大键琴的声音生机盎然，听到大键琴的声音，她就想起了自己还是个少女的时候，钢琴根本没法与之相比。大键琴已经被搬出了房子，事实上这架大键琴还是她结婚的时候带到上维德施塔特来的，是一架法国货，琴盖的一侧有一幅画，画的是月光下的寺庙遗址。但是萨勒河一年到头，任何时候都可能泛滥，魏森费尔斯无情的潮湿天气已经慢慢地毁掉了这架琴。那幅画已经模糊得不可辨认了，拨子就像老人的牙齿，有些已经掉。每天晚上都要调音，等到早上，高音又不见了。有些零件似乎已经松动了。"我敢说，你们又要怪到我头上了。"伯恩哈德说道。卡尔抱怨说，自己在军队的时候，家里人肯定让人随便乱弹琴了。"不管怎么说，你们都没有安东弹得好，"伯恩哈德说道，"现在这架琴只能当柴火卖掉了。"

男爵订购了约翰内斯·楚姆佩的钢琴，楚姆佩是西尔伯曼的学徒之一，在报纸上打了广告。就这样，男爵就成功了，没有采纳他兄弟威廉的建议。

安东被叫了出来。家里人一度认为安东除了一味地模仿卡尔，对生活没有多少兴趣，现在他成了必不可少的人。全家人都能弹奏，伊拉斯谟只要听到过的曲子都能弹出来，西多妮很有音乐天赋，但是他们都没有安东弹得好。

楚姆佩钢琴有三个踏板，有了第三个踏板，就能在维持三个低八度音的同时，削弱最高音部的强度。安东一个人坐在客厅里，拒绝任何人前来帮忙。男爵买下这栋房子的时候完全没有这个要求，但哈登贝格家客厅的最初功能并不是为了别的，就是音乐室，这里通风透气，音符准确地飘落到各个角落，萦绕空中，缓缓降落。

如今，男爵让妻子从魏森费尔斯和周围的邻居中邀请一些合适的客人来参加他家的晚会。"他真是好心呢，西多妮。不跟大家一起分享美妙的新音乐，他就不安心。"除了兄弟会见面，除了出去视察，男爵几乎就不出门，他也不知道在魏森费尔斯，钢琴就是个稀罕物件。首席地方法官冯·林德瑙甚至从英国量身定做了一架布罗德伍德钢琴。

"没错,我们分享的是父亲对弗里茨订婚的真挚喜悦之情。"西多妮说道。

"当然了,亲爱的。"

"从格吕宁根那边过来的人,我们不知道会有多少,当然了,他们当天晚上是不可能赶回去的。他们必须在这里过夜,你得考虑房间的事情。"

"幸好我们买了脏水桶!"

魏森费尔斯并没有人多期待哈登贝格家人的邀请,他们家邀请人真是太少见了,但也没人觉得他们家人吝啬,因为大家都知道他们虔诚笃信,乐善好施。邀请如此正式,似乎就不太像庆祝,而是标志着时间的缓慢流逝,就像死亡本身。大多数客人都是镇上的官员,互相都认识。但是他们中谁也没有见过洛肯提恩这家人,当然了,尤斯特一家人是见过他们的。尤斯特一家是路途最遥远的,但是他们要在老霍伊恩家,也就是拉埃尔舅舅家过夜。

卢卡斯站在门口,戈特弗里德负责前厅,通过前厅就是楼下的大接待室。上一次戈特弗里德跟随男爵前往诺伊迪腾多夫,从那以后他似乎就有了一种温和轻柔的权威,而之前这一点在他身上几乎是看不到的。伊拉斯谟认为这有可能是他一直在喝酒的缘故。

"不可思议,"西多妮说道,"你这么长时间不在家里了。"

三三两两的人群逗留在修道院街上,观看哈登贝格家的客人到场,特别是想看一看来自乡村的贵族,这很罕见。老伯爵尤利乌斯·冯·施魏尼茨·翁德克赖因坐着四轮四座的大马车来了,就像是坐在一副棺材里。"带我到安静的地方。"于是戈特弗里德扶着他去了书房。

仆人们在接待室慢慢地四处走动,给客人端上小杯的烧酒。弗里茨注意看自己的朋友有没有到,还有那些懂诗的客人,比如说律师弗里德里希·布拉赫曼,他们一起在莱比锡学习过。布拉赫曼天生就是跛脚,但是他走路的时候非常注意,所以你看不出来(这在魏森费尔斯是人人皆知)。布拉赫曼想要进入税务部门工作。到了那里,他的跛脚就不算什么了,他关于美学的理念也不算什么了。弗里茨一只胳膊挽着布拉赫曼,另一只胳膊挽着弗里德里克·泽韦林。

"啊,我最好的朋友,祝贺你,"泽韦林说道,"你那位喜欢水的小弟弟现在怎么样了?"

"我想家里人是不准他到楼下来的,"弗里茨回答道,"但是我敢说,他肯定在楼下。"

布拉赫曼的姐姐露易丝是西多妮的好朋友,戈特弗里德刚宣布露易丝来了,西多妮就迎了上去。露易丝二十九岁,是一位诗人。

两个女孩都穿着同一个裁缝做出来的白色衣服,但是西多妮穿着白色的衣服,很轻盈,就是像是一朵飘动的白云,是魏森费尔斯看热闹的人从来没有见过的,而露易丝呢?至少这个夏天,大家就会议论说布拉赫曼小姐就不该穿白色的衣服,她可不想听到这个。

"哦,露易丝,我已经跟弗里茨说了,他会把你的诗寄给弗里德里希·席勒看看,但是你必须保留底稿,亲爱的,这些大人物经常搞丢别人寄给他们的东西。"

西多妮觉得朋友会高兴,她的眼睛也因喜悦而熠熠生辉。露易丝没有回答。

"露易丝,这难道不是你的心愿?"

"你哥哥自己不读我的诗吗?"

西多妮支吾了。

"我肯定他读过了。"

"那他怎么评价我的诗呢,他对你说了什么?"顿了一下,露易丝又说道,"没什么意义,只是一句句的话而已,一个女人的只言片语。"

西多妮好希望格吕宁根的人这会儿就来,吸引大家的注意力,到时候钢琴一打开,大家都会聚在一起了。她知道洛肯提恩一家已经出发了,曼德尔斯洛夫人还是挺会办事的，出发的时候就派了一个马厩伙计过来通知他们。这个伙计风尘仆仆地赶来了，正在厨房接受款待呢。尤斯特一家人也到了，塞莱斯廷穿着绿色的官员礼服，气宇轩昂。跟随尤斯特家一同前来的是霍伊恩，也穿着礼服，不过不太合身。卡罗利妮很少喝酒，却也吞了半杯烧酒，跟弗里茨、伊拉斯谟、泽韦林和布拉赫曼站在了一起。

"西多妮在哪儿？"她问道。

"跟露易丝在一起，可怜的露易丝，"伊拉斯谟说道，"不过重要的是你已经到了。你是我们所有人最好的朋友，最最好的朋友。你是调解人。甚至连西多妮都做不到这么好。"

"的确如此，"弗里茨说道，"尤斯滕在哪里，哪里就拥有宁静。"

"那么，小姐，我希望您能赏光我的书店。"泽韦林说道。

"她当然会了，"弗里茨大声说道，"她读的书跟我一样多，音乐方面远远超过了我。"

"对音乐我一无所知。"卡罗利妮微笑着说道。

"待会儿，你必须为大家演奏一曲。"

"万万不敢。"

弗里茨鞠躬离开，他到处都需要应酬。卡罗利妮慢慢地环视四周,就是不让自己看弗里茨到哪儿去了。她看到一群群穿着灰色衣服、黑色衣服和棕色衣服的客人,还有穿着制服的客人(穿着制服的客人大多喜欢彼此交谈),就像是一个个鲜亮的色块;随着下午的阳光渐渐褪去,慢慢的这些颜色也就不那么刺眼了。感谢上帝,黄昏的朦胧状态最是友善。现在最显眼的就是白色的裙子,白色的裙子在人群边上闲逛,只有西多妮是个例外。西多妮快步走到森夫督察官身边,他独自一人站在那里,穿着打补丁的燕尾服(虽然他有很多好衣服),以示自己铭记之前的耻辱。西多妮笑着冲他点头示意,这就奇怪了,森夫可从来没有说过什么好笑的话。他惊讶不已,几乎魔怔了。

此时弗里茨正低着头看着露易丝,笨拙尴尬,可是还是本能地流露出真诚的友善。这位女诗人张着嘴望着他,就像是一条鱼一般。

布拉赫曼把伊拉斯谟拉到一边,走到窗户边上,说:"你知道的,我从来没有见过尤斯特小姐。她已经不再年轻了,但是她沉稳平和。"他顿了顿,"你觉得她会接受一个跛子做丈夫吗?"

伊拉斯谟吃了一惊,还是回答道:"哦,但是她已经有心上人了。我不知道她的心上人在哪儿,也不知道是谁,我只知道她有心上人。"

伊拉斯谟心想，这对姐弟真是尴尬人呀，如果他们能够结成一对，那就轻松多了。

"您刚才在询问伯恩哈德的事情，"卡罗利妮这时跟泽韦林单独站在一起了，"我觉得哈登贝格是真心对他弟弟好。没错，他真的非常喜欢小孩子。"

"弗里茨很有可能是这样的，"泽韦林说道，"但是说到伯恩哈德，您千万不要忘了，并不是所有的小孩都有小孩样。"

第四十四章
未婚妻

*

也许魏森费尔斯再也不会有这样一个夜晚了。虽然客人们并不习惯如此,但他们依然在等待。即使在这样一个通风透气的大房间里,大多数客人们的脸都热成了红苹果,但是他们不能舒舒服服地坐下来打量彼此的服饰,也不能进行各种讨论,你一句,我一句,消息这么一传播,大家嘴里一重复,就变成了滋味十足的八卦,然后就大嚼腌制的鹅腿和熏火腿,开怀畅饮水果烧酒,再吃甜蛋糕,再喝更多的烈酒,心满意足地走回家,步履跟跄地爬上楼,倒在床上。今天晚上,一切都成了未知数。就像生病之后的第一波高烧,客人们忐忑而期待,就是最木然的人也感觉到了。

洛肯提恩一家还没有到,未婚妻还没有到。厨房里,厨子正在劝说那个小伙计跪下来为主人的安全达到而祈祷,而那个伙计觉得大家多少有点怪他的意思,正在抗议呢。

"他们会来的,"他又哭又闹,"但是索菲小姐身体不好,赶路不能太快了。"

男爵非常镇定,自从他同意了这门婚事,就再也没有想过要改变自己的任何安排。再过十五分钟,客人们就都到楼上去听钢琴演奏,然后就是晚餐,晚餐的时候他不会坐在首席的位置,他要到处走动,而弗里茨和他的未婚妻则会并肩坐着。接下来就是音乐,如果索菲的身体还撑得住,就跳舞。现在距离他们到音乐室听钢琴演奏还有六分半钟的时间,他就趁着这个时间去书房看望了一下老朋友施魏尼茨,自从戈特弗里德把他扶到那儿之后,他一直半梦半醒地躺着呢。

"哈登贝格,我喝的这是什么?是他们说的潘趣酒吗?"

"是的,他们跟我说,这是弗里茨自己调制的。"

"必须混合起来?"

"是的,好像是。"

"时间都浪费了,哈登贝格。"

"我叫他们给你端点别的东西上来。"

"哈登贝格,洛肯提恩一家是些什么人?"

男爵摇了摇脑袋。

"唉！我的老朋友！"伯爵说道。

所有的人都从中央大楼梯走了上来，房子里所有的破旧椅子都挪到这个房间里，大家坐了下来。只留下了少量的蜡烛照明。只有十四岁的安东穿着自己的第一套候补军官制服，手腕处都磨破了，坐在了楚姆佩钢琴边，这里的灯光是最明亮的。

"第一首曲子是约翰·弗里德里希·赖夏特的作品，"他大胆地宣布道，"我要弹奏他最具革命精神的一首歌。"

"孩子，那是什么歌？"男爵大声叫道。

"安东，第一首弹奏宗教歌曲吧，"母亲权威的声音中流露出痛苦，"弹奏《你睡得如此宁静》吧。"

安东转过头看着母亲，点了点头。于是，房间里响起了琴声，如此平静，如此清澈。

房间里继续呈现出安详的氛围，完全听不到修道院街上的任何嘈杂声。但是，此时音乐室的房门突然大打开，外面走廊的灯光顿时照了进来。戈特弗里德显然是不太清楚是否应该打断演奏，但还是宣布冯·洛肯提恩夫人到了，她穿着一件淡紫色的裙子，很美，但是有些疲倦的样子，还有洛肯提恩先生，另外就是收敛了很多的乔治。但是，她在哪里呢？

"他们让我先一步到，"洛肯提恩声如洪钟，"我的继女此刻正在你们的楼梯口休息。"他风尘仆仆的样子,拍着手,大步朝主人走过来。

"他的样子把乌鸦都要吓走,"露易丝·布拉赫曼喃喃地说道,"上帝啊,他们就像是一群在雇佣集市找工作的农场帮工。"

男爵先生礼节非常周到地接待了他们,并且给戈特弗里德做了个手势,戈特弗里德马上就把蜡烛重新点燃了。安东正好弹完了一节乐章,停了下来,双手交叉合拢。未婚妻在哪里呢?老年的客人同情地低声私语,非常好奇。他们肯定要把她抬上来,她太衰弱了。

但是索菲一如既往的没有耐心,几乎就是跑着进了房间,曼德尔斯洛夫人安安静静地跟在她身后。索菲脸色苍白,没错,但是她还是跟以前一样热忱,一样高声说话,显然是想要好好享受这个夜晚的样子。她穿着绣花的丝绸,他们都觉得是中国丝绸,这东西哪里来的呢?她戴着一顶白色的帽子,对于未婚妻来说这很得体,头发藏在了帽子下面。她只佩戴了一朵白色的玫瑰。

"哈登贝合!"

他在。

"他们说我不能来——"

大家都觉得小安东的独奏就到此为止了,但是曼德尔斯洛夫人一走进房间就决定好了该怎么做,她走到男爵夫人面前,劝说夫人让安东继续演奏,说是大家必须得听完。坐在头排的人把位置让了出来,让新到的这家人坐下。安东点点头,继续演奏了青岑多夫为兄弟会创作的几首赞美诗,接着又演奏了两三首小歌剧的曲子,接下来该弹奏什么曲子了呢?这首曲子非常美,可我不知道名字,是安东临时创作的吗?

没人知道这首曲子,但是所有的人都半闭着眼睛,陶醉其中。

最后他演奏了约翰·塞巴斯蒂安·巴赫的《兄弟狂想曲》。听众们发出了深深的叹息声。

晚餐的时候,至少有一些客人以为会看到新人交换戒指,然后准新郎的父亲作为一家之主就会宣布会给新人什么样的东西作为礼物,比如说家具、羽绒垫等等,也许还有一份产业清单。但这不是哈登贝格家的做事方式。男爵站了起来,只耽搁了大家一会儿吃喝的功夫,他说能够邀请到这么多客人,自己感到幸福,自己的妻子也是如此,然后就请大家一起短短地祷告了一下。

大家原本以为,晚餐结束后,考虑到索菲小姐重病新愈,就不会举行舞会了,但是索菲请求乐师一定要演奏。曼德尔斯洛夫人提醒索菲,埃布德医生也许是看到她病好了,就没有说什么,但也是说过绝对不可以跳舞的。

"真希望他也在这里,"索菲大声说道,"我就要拉着他跳华尔兹,直到把他的脑袋跳晕。"

索菲坐在她自己母亲和哈登贝格的母亲,男爵夫人中间。洛肯提恩夫人一如既往地面带微笑。她说真是希望安东继续弹琴,特别是快到终场的那一首,她以前肯定是听过那首曲子的,她说真希望自己把小婴儿也带来了。她的丈夫大着嗓门说话,她一点也不觉得尴尬,她的前一任丈夫也是大嗓门,他们就像是刮风天一样,对她一点影响也没有。

而男爵夫人正在跟心中的胆怯作斗争。她喝了一杯烧酒,可是一点作用都没有。看到准儿媳的相貌,她的内心是非常失望的,虽然她自己也认为这样想可能是一种罪恶。索菲有某种阳光的动人之处,但是那是孩子气的阳光。也许是因为她本人的相貌也不怎样,她一直都非常看重高贵、端庄和庄严之美。如果索菲把头发放下来,可能会好看点。弗里茨对她说过,索菲的头发是黑色的。

因为未婚妻不可以跳舞,弗里茨就把魏森费尔斯有头有脸的人物一一带到她跟前,介绍给她认识,其中有些年轻点的是弗里茨的朋友。"请允许我给您介绍冯·库恩小姐,她给了我这个荣幸……""这是索菲,我真正的智慧……""这是索菲，我所有事情的心灵向导……"

"哦，您不要在意他说的话。"他们祝贺索菲，索菲就这样回答。她正忙着管住自己的脚，不让它们跟着音乐打节拍呢。这音乐好像钻到了她脚里，正往她身上蹿呢：她觉得自己就像是一瓶苏打水。她的脸上终于有了一点点玫瑰色。

"哦，您不要在意他说的话……他一这样说话，我就要笑。"于是她就笑了起来。

整体而言，索菲给大家留下了好印象。她完全不是大家心目中认为的哈登贝格家儿媳妇的人选。但是她天真自然，这让人感到舒服。自然总是让人感到舒服。

她有多少嫁妆？他们互相问着这个问题。

乔治是第一次戴上高领和褶边，感觉快要被勒死了，他想的是只要方便，马上就要跳舞，可是他又觉得自己没有吃饱，没有力气跳。于是他就溜到了下面的餐厅，餐厅还没有收拾，昏暗的灯光中，他碰到了一个比自己小两三岁的男孩，（让他气愤的是）这个男孩长得像个天使。乔治默不作声地吃着一块冷鸽肉馅饼，与此同时，他把左手塞进了口袋，捏成了拳头，如果好汉之间要干一架，他就出拳给这个天使一顿好打。他大声说道："你不认为我姐姐索菲很漂亮吗?"

"你是乔治·冯·库恩?"这个天使问道。

"那不关你的事。"

"你饿了?"

"在家里,我们吃的比这儿多……我问你话呢,你不觉得我姐姐漂亮吗?就是要嫁给你哥哥弗里茨的那位。"

"我没法回答你这个问题。我不知道她漂不漂亮。我还小,判断不了这种事。但是我觉得她病了。"

乔治又往嘴里塞了些点心,有些慌张。"每个家里都有生病的人,"伯恩哈德说道,"你不觉得我哥哥安东钢琴弹得很好吗?"

"赞美诗?"

"也不全是赞美诗。"

"是的,他弹得很好。"乔治承认道。"你要去哪里?"

"我要到黑暗中的河边走走。听了音乐,我就这样。"

乔治喝掉了一杯白兰地,几乎就是他继父的作风。然后就跌跌撞撞地走上楼梯,跳舞去了。

大家都没想到,其实曼德尔斯洛夫人的舞姿非常高雅,事实上她是这儿所有人当中跳得最好的。但是因为她丈夫不在场,还因为考虑到索菲,她这天晚上不能跳舞,甚至都不能跟小乔治跳舞,一两年前,曼德尔斯洛夫人费尽心思才教会了乔治舞步。伊拉斯谟放心地朝她走来,她就对伊拉斯谟说:"不要请我跳舞!"

"我不是要请你跳舞,我知道自己不能奢望这一荣幸。我是来请你帮忙的。"

"你想要我帮你什么?"

伊拉斯谟说道:"一缕索菲的头发。"

曼德尔斯洛夫人慢慢转过头来,严厉地看着他。"你太过分了!"

"只要一小缕,放在我的笔记本里,贴着我的胸膛……你知道的,我最开始不了解她,后来我突然明白了为什么我哥哥会把'索菲是我心灵的向导'这句话刻在他的戒指上……"

她再次说道:"你太过分了!"

"一缕头发,作为纪念,肯定不算过分,也不是多大的事情……我本来还想请卡罗利妮·尤斯特帮忙,但是你肯定是最合适的人选。你能帮我捎个话吗?"

"不可以,"曼德尔斯洛夫人说道,"如果你想要,你就自己问她要好了。"

伊拉斯谟小心翼翼地选择时机。也许我们的时机都是天定的。舞会在音乐室里举行,这时小提琴奏起了苏格兰慢步圆舞曲,他突然有一种奇妙的感觉,他不太清楚这是什么曲子,也不太清楚他们为什么要演奏这首曲子。他觉得自己似乎属于两个世界,其中一个世界超乎寻常得重要。

现在,他就站在索菲的椅子旁边,旁边几英寸的地方就是她娇弱的身体,散发着一点点生病的气息。索菲抬头望着他,满脸的阳光灿烂。

"伊拉斯谟,这一晚上你几乎都没有怎么跟我说话。"

"我有话跟你说,但是一晚上都还没有想好该怎么说。"他支支吾吾地说道,当然了,他只是想要一小缕头发而已,一小缕。早春的时候弗里茨给他看过一大缕头发,他知道弗里茨会把那一大缕头发辫起来,放在吊坠盒子里,或是放在表盒里。"一个表盒,"他重复道,"但是当然了,根本不是像那样的……"索菲大笑起来。这一晚,大多数时候她都在笑,但是她现在笑得最开心。

伊拉斯谟羞愧地退了回来,就遇到了曼德尔斯洛夫人。"我的上帝啊,你肯定没有问她要吧!"

"我不明白了,"他说道,"你叫我去的,我还以为你坦率真诚……"

"你想要她把帽子摘下来?"

他压根儿就没有想到这一点。

"头发一点点地掉了,"曼德尔斯洛夫人告诉他,"就是因为生病的缘故。已经两个月了,全没了……"

她目光炯炯地看着伊拉斯谟,一点要原谅他的意思都没有。"你们哈登贝格家的人还真是容易掉眼泪呢,"她说道,"我之前就见过你家的人掉眼泪。"

"但是,为什么她还笑呢?"可怜的伊拉斯谟问道。

第四十五章
她必须去耶拿

*

弗里茨知道索菲没有了头发,但是他坚信索菲黑色的头发会长回来的。他知道索菲不会死。"男人有了意志,就能办到想办到的事情,"他对塞莱斯廷·尤斯特说道,"女人能够做得更多。"但是他们不能让时间白白流逝。索菲需要更好的治疗,最好的治疗。她必须去耶拿。

"他们要来咨询施塔克,但是他们应该住在哪呢?"弗里德里希·施莱格尔问道。"以前,哈登贝格在耶拿有个姑妈,但是她已经死了,我觉得是一年前的事情。我觉得,他的智慧应该由那个军官的妻子,她的姐姐来照料。"

"我猜,哈登贝格的父亲也会进进出出的,"卡罗琳·施莱格尔说道,"他会为我们的信仰和我们的道德生活而焦虑,为那些自由自在的人感到悲哀,为那些不祈祷的人悲哀。"

耶拿的圈子虽然算不上仁慈,但是也好客。这一学年已经结束了,镇子上已经开始热得要命,黄色的粘土很快就要被烈日烤干了,教堂的塔尖似乎都在夏日的炎热中颤抖。很快,他们就都要度假去了,只有可怜的里特去不了,他只好躲在自己的阁楼里,谁也不见。

然而,索菲和曼德尔斯洛夫人已经搬到了铁锹街。房间很小,而且还要爬三截楼梯,之所以有人给她们推荐这里是因为女房东温克勒太太知道怎么照顾生病的女士。显然,温克勒太太从性格到习惯,所有的一切都适合照顾有病的人。照顾有病的人是很烦恼的一件事,因为无论是白天还是晚上,她都需要送上热水。"尊敬的女士,这是服务的一部分。"温克勒太太说道。

曼德尔斯洛夫人自我安慰地想,至少这里没有什么繁文缛节,当然了,格吕宁根也没有这些东西。房间很小,梳妆台上摆满了东西,有图案的水罐也寒酸地挤在上面,可怜的索菲可以觉得自己住在玩偶的房子里。事实上,曼德尔斯洛夫人也多少怀疑过自己的选择,她还真需要鼓足了勇气才能拆开男爵的第一封来信。她不知道,叔父威廉不请自到,前往魏森费尔斯献计献策,他宣称耶拿没有可住的房子(除了歌德通常住的地方,以前是个宫殿),那些房子都不适合他大侄子的未婚妻居住。

"当地居民出租的房子都是顶楼,只适合养鸽子。我比你们任何人都了解这个镇子。你们只管相信我的话好了,这个姐姐不得不接受只能住在阁楼里的现实。女人总是有点东西就满足了。"

男爵立刻就给上尉夫人写了一封信,说他自己想要尽快来看她们,同时,他肯定夫人一定是做出了明智的选择。

第四十六章
客人

*

弗里德里克的日记,1796 年 7 月

索菲一直努力写日记,但是写日记对她来说是一种折磨,绝对不能再继续下去了。让我来做记录员吧。

房间虽小,但我们生活得挺好。为了不得罪女房东,我们并没有叫罗泽上来做饭,而是由我亲自准备索菲的晚餐。但是我受不了耶拿的气氛,也许谁也受不了这里的气氛,所有的教授和学者们似乎彼此都有不满。天气太热了。他们都开始准备外出度假了。他们居住的街道空无一人。

哈登贝格的朋友弗里德里希·施莱格尔昨天晚上来拜访了我们。他也是准备要出发旅行或是什么的。我一个人接待了他。索菲和温克勒太太出去了,去看阅兵了。天知道,我自己早就看腻了。只要疼痛稍有缓解,我亲爱的小妹妹就觉得什么都好玩。那个时候，她就又做回自己了。

嗯，弗里德里希·施莱格尔是哲学家，还是历史学家。他悲天悯人地看着我，我一点也没有回避他的目光。他对我说："您的妹妹冯·库恩想要像哈登贝格那样思考，就像是要把一只半驯化的鸟教来像人一样唱歌。她做不到的。她以前的各种观点现在都处在无序的状态，她几乎就不知道该怎么进行整理。"

我问她："您见过我妹妹吗，施莱格尔先生？"

他回答说："还没有见过，但我相信她就是某种很常见的类型。"

我说："她是我妹妹。"

后来，索菲跟着温克勒太太回来了，温克勒太太有点失望地说："我还以为这位年轻的小姐要晕倒呢，但她没有。"

现在弗里茨得到了助理盐务督察的正式任命，可他的假期很短，虽然如此，洛肯提恩还是把索菲治疗的事情全部交到了他手里。

"布朗体系是最可靠的，"弗里茨对卡罗利妮·尤斯特说道，这已经不是他第一次这样说了，"在某种程度上，布朗理论是建立在洛克对神经系统的了解之上。"

"我们必须相信某个人的理论,"卡罗利妮说,"我的意思是,除了我们自己以外,我们必须相信某个其他人,否则人生就变得无法忍受。"

"尤斯滕,我谈论的是实实在在的科学。"

弗里茨很早就从滕施泰特出发了。但是路上耽搁了一些时候,等到他来到耶拿去找施塔克的时候,施塔克已经到德累斯顿参加专业会议去了。但是他得知,这位教授的副助理在,名叫雅克布·迪特马尔勒。

"啊,是你,真幸运啊,"弗里茨大声说道,"我有时就在想,在我人生的每一个转折点——"

"我的人生也有转折点。"迪特马尔勒平静地说道。

弗里茨不知所措了。"爱让我成为了怪物。"

"哈登贝格,不用不安。我很高兴得到了副助理的职务,我面前还有很长的路要走,我已经认命了。"

"我真的很抱歉,如果——"

"不要在那上面浪费时间了。你到这儿来是为了什么?"

"迪特马尔勒,埃布德医生应该给教授写一份病情情况的。我的索菲处在痛苦之中。"

"我猜应该是痛得非常厉害吧。施塔克教授不在,我是不能贸然给出判断的,但是埃布德医生提到了她的肤色情况,这就给我们重要的信号——"

"像玫瑰一样的肤色。"

"信上说是蜡黄色。"

但是索菲想要出去。她是不屈不挠地要找乐子的人。格吕宁根没有什么事情可干。而且,从来就没有人在她窗下唱过小夜曲。在这里,至少迪特马尔勒可以马上帮上忙。耶拿有很多医学生留了下来,他们没有钱,整个假期都在工作,只想早一点拿到资格证,要么就是到军团去做实习接骨师或是处理伤口的医生。他们会弹奏乐器和唱歌吗?他们自然会。他们这么缺钱,如果还不会弹奏和唱歌,闲暇时光又该怎么打发呢?薄暮温暖的光线洒满了铁锹街,他们最开始唱了几个小曲子,一两首流行的歌,然后就是三重唱。曼德尔斯洛夫人走下三截楼梯,手里拿着钱包,问他们:"你们在为谁弹奏呢?"他们回答说:"为智慧。"

弗里德里克的日记

似乎这位伟人真的要来拜访了,歌德真的就要来到我们中间了。我们并不是听哈登贝格说的,而是又一次听伊拉斯谟告诉我们的,他终归是没有去齐尔巴赫,此时在学生开的啤酒店里要了个房间,据他说自己睡在稻草上。这绝对是他自己的事情,而非我们该管的事情。他还告诉我,大家都知道歌德忍受不了别人戴眼镜,歌德曾经说过:"我说话的时候,不能直视这个人的眼睛,他的眼镜片闪闪发光,遮挡住了他灵魂的镜子,令我目眩,我能从这样的人身上看懂什么呢?一个鼻子上架着眼镜的陌生人朝我走来,我就觉得周身不自在。"我自己以前是不戴眼镜的,可是现在我需要戴着眼镜才能做细致的针线活,才能阅读,自从我们来耶拿后,我几乎就是整天都戴着眼镜。但是这一次,我只好不戴眼镜了,伟人的怪癖总是要原谅的。

7月7日,上午

首先,我们整理好起居室。家具这么破旧,也没有多少可以整理的:这些家具本来是拿给大学的助理教师用的,他们只要有家具可用就感激不尽。药瓶子、膏药、注射器都进了卧室;针线和报纸放在了长沙发下面。今天的天气阴暗而有风,窗户应该关上,但是却关不上。老是有风灌进来,我们知道这一点,我走近仔细看了看,风还挺猛的。这位伟大的作家就有了得肺炎的危险,如果真是这样，我们就要背上罪名了。

虽然还是病着，但大家一起讨论漏风的事情，索菲就忘了自己的疼痛。温克勒太太说，解决问题的诀窍就是现在把窗户大打开一段时间。如果房间里面空气的温度和室外的温度一样，就不会感觉到有风灌进来了。但是，我对她说，那房间就像地狱一样不舒服了。索菲大声说道，没关系，等他快进这个房子的时候，我们就把窗户关紧。她就用上最后一点力气，我还没来得及制止她，她就把窗户大打开了。接着，她就开始咳嗽。"你应该让我来开窗户。现在你在咳嗽，我听着就像是自己被钉在了十字架上。漏风都不可能让你咳得这么厉害。"索菲大笑起来。

歌德顺着铁锹街走上来了。我们都挤在了窗户边上！他穿着蓝色的礼服大衣，外面还有夏天的防尘风衣，这么显贵的一件外套，都快碰到地面了，实际上的确在他漂亮靴子的脚踝处扫来扫去。他好像没有带仆人，这是私人拜访。

我摘下眼镜，下楼去，索菲也跟着来了，她不肯待在楼上。她挺直了腰板，仿佛是毫无畏惧的样子。歌德自我介绍，真诚地跟我们握手，然后就问可不可以安排他的仆人在厨房休息，他终究是带了仆人的，但是这位仆人总是跟他保持一定的距离，而且出于尊重，还模仿歌德的动作和手势。但是仆人走在前面用处应该更大,可以确保他们没有走错门。

上楼后,歌德坐在了最硬的那把椅子上,很有魅力地说道:诗人在逆境中茁壮成长。然而,下一刻,他就开始在狭小的房间里走来走去了。

这里没有摇铃,但是我事先跟温克勒太太约好了,我重重地踩一下松动的地板,她就知道该上点心了。歌德灵巧地切开蛋糕,打开酒瓶。他建议说,给他的仆人也送一杯葡萄酒下去,我同意了,可是我真觉得这个仆人没有做什么事情,不值得给他葡萄酒喝。与此同时,他说了一些关于健康和疾病的话。他说,有些疾病只不过是郁气不通,喝上一两杯矿泉水就会好的,但是不能让郁气淤积,我们必须直接打击目标,所有的事情都是如此。

他肯定看出来了,我们可怜的小病人并不是他说的那种情况。显然,他是想逗索菲说话。不巧的是,他还没有读过哈登贝格的诗歌,我想到目前为止,他也没有多少作品付印吧。对于索菲来说,这么大的人物赏光拜访,她觉得不胜荣幸,什么话都说不出来了。最后,她鼓足了勇气,说了一句耶拿这个城镇比格吕宁根大。歌德微微鞠了一躬,回答说,魏玛也比格吕宁根大。

索菲没有提到哈登贝格的《蓝花》。歌德至少也没有提到漏风的事情。

伊拉斯谟知道了这次拜访的具体时间,就在拐角的地方等着,或者说是在那里盘旋。

"阁下!请您留步!我是哈登贝格的弟弟,他的弟弟之一。我是林学院的学生,那个学院不在这里……"

"我知道不在这里,"歌德说道,"耶拿大学就没有林学院。"

"我一直在胡贝图斯堡读书。我是说,我刚从胡贝图斯堡来这儿。我能同您一起走上一小段路吗?"

歌德微笑了一下,说法律并不禁止这个。

"您刚才拜访了索菲·冯·库恩小姐,"伊拉斯谟继续说道,"还有她的姐姐,曼德尔斯洛上尉夫人。"

"啊,那是她姐姐?一位坚强的女人,我倒是没有看出来她们是姐妹。"伊拉斯谟一边跟着歌德小跑,一边咳嗽,一时间不知道该说什么,于是歌德接着说道:"我想我知道你想问我什么。你在想,等到冯·库恩小姐恢复了健康,是否真的能成为你哥哥幸福的源泉。你很有可能觉得他们的理解力不般配。但是,你尽管放心好了,我们爱年轻的女子,所爱的并不是她的理解力。我们爱她的美丽,爱她的天真无邪,爱她对我们的信任,爱她的气质和优雅,还有别的东西,但是我们并不因为她的理解力而爱她,我肯定哈登贝格也不是。他会幸福的,至少会有数年的幸福,之后他就能享受无与伦比的天伦之乐,而他的诗歌——"

伊拉斯谟打断了这位伟人的话,绝望地拉住了歌德的胳膊,就像是大浪中席卷的渣滓一样,一把将歌德拽了过来。"但是我并不想问您这个!"

歌德停住脚步,低头望着他。(身后二十码远的仆人也停住了脚步,瞪着眼睛看着一家理发店。)

"那我搞错了。你不关心自己哥哥的幸福?"

"不关心!"伊拉斯谟大声说道:"我关心索菲的幸福,索菲的,她的幸福!"

第四十七章
施塔克教授的治疗

*

施塔克教授回到了耶拿，给索菲做了检查，说需要手术。他要植入管子，排除毒液。要去除尊敬的小姐身上的肿瘤，再也没有别的法子了。这就需要她在格吕宁根的继父签字授权。授权书二十四小时之内就到了。

"如果错过选帝侯生日的焰火，那就可惜了。"索菲说道。这就是她反对手术的惟一理由。

"我的继父和母亲让我处理所有的细节问题。"曼德尔斯洛夫人对年轻的迪特马尔勒说道。迪特马尔勒有很多尴尬的事情要做，其中之一就是应对病人的家属。"我必须要通知妹妹的未婚夫。他回滕施泰特了。但是，当然了，你很了解他。"

"不，不太了解，但是我认识他好像已经很长时间了，"迪特马尔勒说，"我想他弟弟伊拉斯谟在耶拿。"

"已经不在了，他昨天离开了，我建议他走的。他待在这里，对他，对我们，都没有帮助。但是哈登贝格，当然了——现在，请你告诉我教授打算手术的日期和具体时间。把日子和时间写下来吧。我自然是不会忘的，但是还是写在我的日记本里吧。"

但是施塔克教授做事的方式不是这样的。他的习惯是尽量不要提前通知手术时间，最多提前一个小时通知。这是为了不让病人紧张。也就避免了家属提前到来。迪特马尔勒当然知道这一点，但是他不能随便说出来。现在，他就得绕路再去一趟铁锹街，做一番解释。

"用来做手术的房间必须随时待命，"他一点也不让步，"必须有很多干净的旧床单，干净的旧内衣，要最好的亚麻布的那种。"

"随时待命，那就是我们不知道什么时候要用了！"曼德尔斯洛夫人说道，"我们有两个房间，只有两个。这是起居室，现在我妹妹正在卧室睡觉。视察手术室的事情，你还是交给我来吧。"

迪特马尔勒犹豫了。"其他的事情也交给你？"

"你觉得我们一路赶到这里，还带着一大堆干净的、遗弃的、最好的亚麻制作的内衣？我们回格吕宁根拿这些东西不是更好？"

"不，病人绝对不能奔波。"

"你的意思是说你的教授不需要这些东西了。"

"我可不是那个意思。卧室有多大?"

"和这个房间一样大。连个转身的地方都没有。请告诉教授,除了你,他绝对不能再带人来。"

"肯定的,我可以答应你这一条。还有你的房东太太。她愿意帮忙吗?"

"绝对愿意。"

"上尉夫人,我不想我们成为敌对方。我们能不能换一种方式来看待事情呢?我向你保证,教授对你们深表同情,他非常在意。事实上,他已经告诉我了,他会亲自包扎伤口。"

她握了握迪特马尔勒的手,但这只是暂时停火协议。

施塔克教授即将前来手术,温克勒太太把这件事情与一定辐射范围内的邻居都说过了。"到时候会有尖叫和哭声,为了不要引起误会。他们会以为是打架争吵的……"

"也许还会以为是房客要用绳子勒死房东太太。"曼德尔斯洛夫人同意她的意见。如今,温克勒太太对曼德尔斯洛夫人是有求必应,已经帮忙借到了大量干净的旧床单。严格说来,萨克森就没有不能再用的床单,只不过是一些床单多用了那么三四十年而已。温克勒太太把这些东西在夏日的烈阳下摊开,这些东西真是破得一碰就是个洞。

"把这些东西收起来吧,不要再提,把这周的账单拿来,再端一些咖啡上来。"曼德尔斯洛夫人说道。

索菲出去了。她跟着牧师的妻子坐着马车到玉米地去兜兜风。她们每个星期天都去听这位牧师布道。为了避免烈日当头,他们很早就出发了,选择的是白杨树遮荫的道路。

"谢谢您,牧师夫人,您真是太好了,我这么快就疲倦了,请您原谅。"

"也许我下周可以来拜访一下索菲小姐?"牧师妻子说道,但是曼德尔斯洛夫人礼貌地打断了,说是太不凑巧,她们也不知道医生是怎么安排的。

"我希望乔治在这儿。"索菲说道。

"乔治!"

"我不知道为什么,我们一直也没有提到过他,但是我希望他在身边。"

到目前为止,哈登贝格还是对手术一无所知。也许他甚至不知道她们还在耶拿。曼德尔斯洛夫人觉得哈登贝格在迪伦堡视察盐矿。无论曼德尔斯洛夫人态度多么挑剔,教授还是那句话:"我会提前一个小时通知你。只能做到这一点。之后你想叫谁就叫谁。"对此,她拿出军人的姿态,服从了。

最后来通知她们手术的还是迪特马尔勒。7月11日的清晨,迪特马尔勒带着一位医院的仆人出现了。"手术会在11点进行。我来解释要做些什么。"双人床被拖到了房间的中央,铺上了那些古老的床单。前厅的沙发上堆满了医院仆人带来的绷带、软棉布和海绵。索菲似乎并没有感到不安。

温克勒太太上来说,有个送信人在门口,他拿了个条子,教授说手术必须推迟到下午两点钟了。

"只是想要让我们知道他是个了不起的人物。"曼德尔斯洛夫人说道。

"上尉夫人,这样说不公平。"迪特马尔勒说道。

他打发医院的仆人到小餐馆去吃饭,自己在耶拿的街道上走来走去,一直走到1点45分。等到他回来的时候,索菲换上了一件旧晨衣,这件衣服快要破了,呈蜡黄色,几乎就是她皮肤的颜色。她看起来更小,也许是更枯瘦了。曼德尔斯洛夫人心想,索菲被托付给了我,我这是在对她干什么呢?

两辆马车转弯进入了铁锹街,虽然烈阳高照,马车的门窗却是关上的。马车停靠在路边,车门打开了。"你们有四个人,"曼德尔斯洛夫人说道,继而转身怨恨地指责迪特马尔勒,"你答应了的……"

"另外三个人是学生,"迪特马尔勒可怜地说道,"他们在学习该怎么做这些事情。"

"我也在学习该怎么做这些事情。"曼德尔斯洛夫人说道。

楼梯下传来了打发、至少是在阻止温克勒太太的声音。教授和他的学生出现了,按照规矩穿着黑色的罩衣。学生的罩衣大得荒唐,显然是借来的。教授给两位女士鞠了一躬。索菲虚弱地笑了一下。

"我们要给甜酒了。"

甜酒是根据布朗医生的配方调制的葡萄酒和鸦片酊混合物,索菲乖乖地喝了。然后就走进卧室,床摆在了中央,所有的人都尴尬地围绕在床周围。为了不碍事,三个学生紧贴着墙站着,每个人都从翻领上掏出了笔和墨水瓶,看上去就像小乌鸦,目光炯炯地看着。

索菲被扶到了床上,躺在了借来的床单上。接着教授就非常礼貌地询问她,事实上他的语气就像是对孩子说话,教授问她想不想用细棉布把脸盖上。"盖上了,你还是可以看见我要干什么,但是就不太清楚了……好的,你看不见我了,是不是?"

"我看得见闪闪发光的东西。"她说道。也许这就是一场游戏。学生们在笔记本上记下了一条笔记。

根据耶拿的医学礼仪,教授把迪特马尔勒叫道身边,问他:

"尊敬的同事,我可以下刀切口了吗?您同意吗?"

"是的,教授先生,我同意。"

"您觉得是需要两个切口,还是一个切口?"

"两个,教授先生。"

"是吗?"

"是的。"

温克勒太太一直都等在楼梯下面,之前她什么都听不到,现在她的耐心得到了回报。

第四十八章
去施洛本

*

从阿尔滕到耶拿,从朗根萨尔察到耶拿,从迪伦堡到耶拿,弗里茨奔波在夏日尘土漫天的路上,路上挤满了流动的人群和士兵。他在笔记本上写道——
我就像一个孤注一掷的赌棍。
我绝不能看见那个伤口。

1796年8月8日,索菲又做了一次手术来挤脓肿。到了8月底,因为前两次手术不是非常成功,又做了第三次。施塔克教授说,事情进展得很顺利,跟他预想的一样。病人的气血还可以,脓肿的情况并不算糟糕。但是,秋天总是个危险的季节,对于年轻人更是如此。

索菲给弗里茨写信:"亲爱的哈登贝格,我真是一行字都写不了了,但是就算是对我好,你不要难过。——你的索菲的心里话。"

第三次手术对双方的父亲影响都非常大。洛肯提恩的吵闹，他永远的乐观，还有他的黄色笑话都消失得无影无踪，不是慢慢消失的，而是一夜之间就没有了，就仿佛有一只巨大的手捏住了他，把希望从他身上挤了出来，挤得干干净净。而男爵呢？他徘徊了，这是他人生第一次徘徊，不是宗教信仰上的徘徊，而是他不知道下一步该怎么走了。他一直推迟到8月底才决定去耶拿。然后他就决定尽量把全家都带上，在施洛本过夜。之所以做出这一决定，部分原因还是为了摆脱威廉叔父，他还在魏森费尔斯做客。"只要我觉得你们还需要我的建议，我就会留在这里的。"

"非常好，"男爵说道，"那你就不要来施洛本了。"他吩咐只准备六七间卧室。

这么多人，还有一个星期的用度，他们就需要用上家里的两辆马车，还有那四匹长期都在受苦的马。弗里茨已经在耶拿了，安东在舒尔普福塔的军事学校，但是卡尔在家，自从萨克森从对抗法国人的联盟里撤军后，他军团里一半的军官都在休假，西多妮和伊拉斯谟都在家。伯恩哈德并不太想去，但是他也不想留在家里，跟小婴儿、仆人还有叔父在一起。

男爵夫人坐在伊拉斯谟身边，一路颠簸，她为索菲难过,在男爵夫人看来,这样的时候,即使有一刻去感受幸福也是不对的,但是他们的马车进入了熟悉的山谷,三年来,这是她第一次远远望到施洛本的四个大烟囱,看到了白杨树的树梢,这时,她的心噗噗地跳得更快了。她一直都很喜欢这个地方。也许是因为这里的房子四面都有绿树环绕,能给她一种不常有的安全感。她在这里生下了安东,还有一个小女孩贝尼格纳,这个女孩没能活下来。她知道,自己的丈夫虽然现在很少来这里,但是也说过他绝不会让出施洛本。

"烟囱!"坐在马车夫身边的西多妮大声说道。

他们驶过了那棵橡树,当年的秋千还挂在树上,一个挂在高处,一个挂在低处。右手边是拱桥,拱桥跨过小溪,跨过小径,通往农场的房子和教堂。

这处房子又暗又潮湿,年久失修,主楼梯的上面已经不再安全了,仆人们只能爬梯子进入卧室。管家的房子倒了,他也搬到了这栋大房子里,好歹还能躲风避雨。但是这里没有上维德施塔特那种贵族破落的味道,施洛本坐落在薄雾弥漫的山谷,反倒有一种轻松的感觉,有一种永恒的宽恕,有一种努力拼搏之后回家的感觉。

他们驶过挂着秋千的橡树,看到了以前的老雪橇,他们曾坐在上面从山谷上冲下来,还看到了池塘,池塘要到秋天才会干涸。看到这一切,卡尔的眼睛里噙满了泪水,所有的军人都是这么多愁善感。他想到了不久前在这里度过的数月时光,当时他想要为了钱而结婚,可是事情最后变得一团糟,他不得不跑到这里来躲避那个被羞辱了的愤怒的女人。

"以前冬天的时候,我们还往靴子里塞过稻草。"西多妮说道。

"进门之前就要取出来,"卡尔说道,"西多妮,你以前的脚好白啊,就像是鱼,跟我们的一点也不像。你想变回去,还做小孩吗?"

"我想我们都变回去做小孩,"伊拉斯谟说道,"我们就可以建立自己的王国了。"

"我的经历可不是这样的。"伯恩哈德说道。

他还是个小孩子的时候,觉得虽然自己跟西多妮相差六岁,但是他们之间的年龄差距会慢慢变小,最后就消失了,他可以长得跟西多妮一样高,甚至还能比西多妮高,而且他可以变得跟西多妮一样大,甚至比西多妮还大。他的幻想当然是破灭了。

薄暮之下,温暖的空气中有一股椴树和鸡粪的味道。"听,小溪的声音,"西多妮说道,"以前我们整夜都能听到水声呜咽。"

伯恩哈德说，自己喜欢生活在河边。

仆人们正在慢悠悠地卸行李，房子的门打开了，管家比勒贝克走了出来，后面跟着几只张皇失措的家禽，这些家伙显然是把这栋房子当成自己的家了。所有的人都住在后面，前面几乎就没有人用。大厅笼罩在珍珠色的暮色之中，从大厅望去，可以看到远处亮着灯的厨房，就在宽敞的过道尽头。

男爵和他的管家之间没有什么俗套的礼节。两个人差多不一样高，热情地拥抱在了一起。

"我们经历过苦难，我们正在经历苦难，比勒贝克。上帝在考验我们。"

"我知道。阁下。"

伯恩哈德上一次来施洛本是四年前的事情了，当时他还是个小男孩呢，跟自己的哥哥一起睡在一张四柱的床上，他几乎肯定那个哥哥就是伊拉斯谟，他们就睡在一楼的一个大房间里。这个房间跟大多数朝北的房间一样，窗户坏掉了，雨冲刷进来，房间严重受损。比勒贝克一次又一次地重复道，该整修了，该整修了。这一次，伯恩哈德被安排在了二楼，住在一个房间的套间里，他的床比婴儿床大不了多少。

"我的父母亲已经睡下,"伯恩哈德自言自语地说道,"这里没有风,但是月光照了进来,房间越发明亮,某个地方,时钟滴答滴答地响着。"虽然他看不到时钟,的确听得见滴答声。施洛本南面外墙的高处有一面镀金的钟,巨大而古老,虽然不太准了,却是全家人的报时工具。这面钟就镶嵌在厚厚的墙体中,而这面墙正好是伯恩哈德睡觉房间的墙壁。"我烦躁地躺在床上,"他继续说道,"每个人都知道我做了什么,但是没有人真正在意我做了什么。"

已经有一段时间了,他觉得弗里茨故事的开篇并不难理解。没人把稿子给他看,也没有人给他读过。但是在魏森费尔斯,凡是有趣的东西,他都会翻出来好好看一看的。

他把稿子塞回了弗里茨的书包,里面有一件特别的东西打动了他:有一个人,只有一个人懂那个在餐桌旁谈论蓝花的陌生人。那个人肯定和自己的家人决然不同。这就是辨别自己命运,等到命运来临之际,要像老朋友一样迎接它。

第四十九章
罗泽客栈

*

第二天清晨五点,他们出发去耶拿。早餐室里,仆人们端上了难以下咽的咖啡。外面,在山谷顶上,天空中飘着一条条的云,仿佛在等待晨曦的光芒将它们穿透。除了波光粼粼的小溪,施洛本笼罩在阴影当中。"你们简直想象不到我现在的心情有多么奇怪,"卡尔说道,"我好想坐在窗边,等着这个地方慢慢变得透亮起来。""到了这里,我们都着魔了,"西多妮说道,"只有等到出发,我们才能知道自己的心情有多么沉重。我们是过来看望可怜的弗里茨的,但是到了这里,我们好像离他更远了。感受到了如此的宁静,我真是觉得羞愧。"

"吃好了!"伊拉斯谟大叫一声,重重地放下了咖啡杯。

因为出发得早,那天晚上他们就回到了施洛本,马匹能休息上八个小时。男爵在耶拿给全家人在罗泽客栈订了一个大的私人房间。虽然家里财务困难，他总是订最好的客栈，因为他不知道别的客栈。

"那儿，弗里茨！"卡尔驾驶着第一辆马车，早在别人之前就驶入了罗泽客栈的院子。

"哦，那不是我的哥哥嘛！"西多妮大声叫道。她等不及马车夫安放下车的脚凳，就从车上跳了下来，朝哥哥跑过去。"弗里茨，我都快认不出你来了。"

这么大的一群人，不可能一起都跑到温克勒太太那儿去。男爵要先去拜访，然后才是其他人。

"海因里希，要我陪着你吗？"男爵夫人鼓起了所有的勇气问道。不用，他说要跟弗里茨一同走过去。他们马上就出发，其余的人先进客栈，到楼上漂亮的前厅坐着，可以看到广场。

"他们走了，"卡尔掀起白色的亚麻窗帘说道，"上一次他们两个这样一起走是什么时候呢？"

弗里茨和父亲走远了。一群戴着脚镣的囚犯出来清扫大街，只要看守一不注意，他们就放下扫帚向行人乞讨。西多妮把自己的钱袋扔了出去。

"他们会拼上命去抢钱袋的。"卡尔说道。

"不，我肯定他们有分配制度。"伊拉斯谟说道。

"很有可能是年纪最小的得到的最少。"伯恩哈德说道。

"尊敬的女士们先生们,咖啡,咖啡来了!"房东跟着走了上来。一个穿着条纹围裙的侍者问他们要不要葡萄酒。

"现在不要。"伊拉斯谟对他说道。

"我想您该躺一躺了,"西多妮对母亲说道,"这里的沙发就不像是用来躺的,但是都一样,您还是躺一躺吧。"

男爵夫人躺下了。"可怜的弗里茨,可怜的生病的索菲。但是看到我们家的天使,她就会有好心情的。"她对伯恩哈德做了个手势,让他坐到身边来。房间越来越热。窗帘挂在那里,纹丝不动。

下一个来的人是迪特马尔勒,教授让他来问问,能不能帮上什么忙。他站在门口,迟疑地望着房间暗处里的一张张面孔。没有人通报他来了。房间里的人在彼此交谈,没有人四处张望,在他旁边,有个金发孩子正在摆弄咖啡壶。他不明智地选中了这个孩子,说起了心里话。

"你是伯恩哈德,对吧?我是你哥哥弗里德里希的朋友,我还到你们魏森费尔斯的家里去过。我不知道你的姐姐西多妮是否还记得我。"

"很有可能不记得了,"伯恩哈德说道,"但是,我记得你。"

西多妮听到了他们的谈话,微笑着走了过来。她自然是什么都记得的,洗衣日,他来做客大家都很高兴,当然了,他是——

"当然了。"伯恩哈德说道。

"现在我有幸做了施塔克教授的副助理,"迪特马尔勒说道,"也许你哥哥在信中提到过我,在讲到他未婚妻治疗相关事宜的时候。"他拿出了自己的名片。

这肯定会让她想起自己的名字的。但是就那么几秒钟的时间,西多妮就是没有想起来,迪特马尔勒确认了一点,他什么都算不上,之前他也知道的。我们看重的,总是能说出名字来。他带着一种莫名的满足,对自己的希望说道,沉下去吧,就像是一具丢在水里的尸体。我被拒绝了,不是因为不受欢迎,甚至也不是因为荒唐,而是因为我什么都不是。

"迪特马尔勒!"伊拉斯谟大声叫道。现在西多妮想起来了,一时间用手捂住了自己的脸。"迪特马尔勒,谢天谢地,你在这里,告诉我们吧,到底怎么样了。你行医时间不长,还没有学会说谎呢。"

"这可不太礼貌。"卡尔说道。

"冯·库恩小姐还在发烧,"迪特马尔勒说道,"不可以长时间探访；也许就半个小时吧。糟糕的是，她咳嗽，所以切口就不容易愈合。老是裂开。教授认为，如果能得到允许做第四次手术，病人可能会及时康复。"

"你觉得呢？"伊拉斯谟问道。

"我不质疑教授的诊断。"

说完这话，迪特马尔勒就告辞了。他说，自己还有其他的病人要照顾。

"当然了，你必须去的，"西多妮大声说道，"请你原谅，我们太焦虑了。但除了弗里茨的索菲，我们真的不太相信你还有别的病人要照顾。人一旦痛苦，就会自私得难以置信。"

"你哥哥也是这样对我说的。"

"那他还比平时理智了一些。"

西多妮想要补偿这个人，但是却不知道自己是在补偿什么。然后他就走了，他们也没有别的事情可干，就站在窗前看着这个人，看着他走在阴影下的鹅卵石街道上。

男爵夫人睡得很不安稳，房东又上来问他们要不要葡萄酒。

"你如果非要这样，那就送上来吧。"卡尔说道。

"上尉先生，是要本地区的葡萄酒吗？"

"千万别！要摩泽尔葡萄酒。"

侍者送上来了葡萄酒,又退下了,伊拉斯谟突然大叫道:"父亲很快就会回来的,他只能探视半个小时。我们这儿还喝上酒了。他的探视会怎么样?你们知道的,虽然他是同意了,他还是觉得这门婚事不妥——"

"是很不妥,"伯恩哈德打断了他,"但我们应该从中发现美。"

"你这个家里的天使,你不应该跟着来的。"伊拉斯谟愤怒地说道。

"我觉得你不应该来。"伯恩哈德说道。

伊拉斯谟转向卡尔,继续说道:"父亲怎么能这么快就去拜访索菲呢?可怜的灵魂,她现在的情况已经让弗里茨深受打击,人都变样了,连亲妹妹都认不出来他了。父亲现在会有什么感受呢?作为一位父亲,作为一名基督徒,他肯定是可怜索菲,但是除此之外呢,他只能想到,自己的长子一辈子都跟一个病丫头捆在了一起,这个丫头永远也不能为他生儿育女。他就会反悔。他肯定会这样的。那又会怎么样呢,还不就是可怜的弗里茨,痛苦的弗里茨把这个残忍的事实告诉索菲,我最亲爱的智慧,我很遗憾,我的父亲认为你不适合与我同床共枕——"

"母亲醒来了。"西多妮说道。

楼梯上响起了沉重缓慢的脚步声,罗泽客栈最好的房间里新安装的框格窗户随之一震。男爵站在他们面前,眼泪不住地顺着脸颊往下滚,他们在祈祷的时候经常看到男爵这样,那是真心忏悔的眼泪,但是这一次他泣不成声,就像是呛住了一样。

"可怜的孩子……咳咳!……可怜的孩子……病成这样了……咳咳!……她什么都没有……"

他双手抓住门框,依靠在了门框上,他们从来没有见过男爵这样。

"我要把施洛本给她!"

第五十章
一场梦

*

卡尔指出,父亲没有权利这样做。父亲在 1768 年从自己的伯父弗里德里希·奥古斯特那里继承了施洛本,四年之后弗里茨出生了,施洛本就转到了弗里茨名下。男爵完全是出于同情,想要做出这一牺牲,这是非常慷慨的,虽然他没有权利这样做,不过这一点也不损伤其中的慷慨之情,但是伯恩哈德认为还是有点损伤。

这一次,总是有一个挥之不去的场景萦绕在弗里茨的想象力飞驰的脑中。最终,弗里茨站到了一边,让这个场景进入了他的脑海。他又成了耶拿的学生,正在课堂上听费希特讲述自我,他突然想到,自己不该在听讲,自己不该在这里,因为他听说自己的朋友哈登贝格就住在两个小时路程之外的施洛本。他的马走不快,所以天黑了他才到达施洛本,他敲门,一个黑发的年轻女孩打开了门。他觉得这应该就是他朋友哈登贝格的妻子,但是他不想问。在施洛本,他是个受欢迎的客人,他住了两个星期。到了该离开的时候了,他表达了谢意,他的房东接受了他的谢意,但是告诉他绝对不要再来了。

弗里茨想到了这一段,就把它写了下来。他不得不回滕施泰特一趟,他问卡罗利妮·尤斯特,可不可以把这一段读给她听听。

"就像是过去一样,"他一边说,一边环视四周,似乎吃了一惊,"客厅,火光,你的叔父和婶婶睡觉去了,然后就是诵读。"卡罗利妮心想,他以前从来不这样说话。他就像是个串门的邻居。弗里茨打开了笔记本。

"我必须告诉你,这是一个关于梦的故事。"

"这样的话,就看在你是我老朋友的份上,姑且听听吧。"卡罗利妮说道,"你得知道,人们只对自己的梦感兴趣。"

"但是我不止一次地做这个梦。"

"更是糟糕了。"

"尤斯滕,你不能这样漫不经心地谈论梦,"弗里茨对她说道,"梦就是现实的反映,比如说索菲的傻瓜之家中七年都没有发生过的事情。"

弗里茨大声读了起来。卡罗利妮心想,七年前,我还不认识他呢。

"尤斯滕,你觉得这个故事值得写下去吗?"

"让我自己读一遍吧。"读完之后,她问道:"那个年轻女子长什么样?"

"那个不重要。重要的是她来打开了门。"

男爵想要把施洛本送给索菲·冯·库恩,这一举动在他的老朋友和盐矿的同事看来,就是兄弟会的荒唐例子。对于法律条文方面的情况,他们都不清楚,但是"这是闻所未闻、无缘无故的"。老霍伊恩说道,"我主都做不到这一步。哈登贝格家的儿子捉襟见肘,上维德施塔特的产业一钱不值,这可不是爱心泛滥、无度给予的时候。"森夫尖刻地指出,施洛本的产业也是一钱不值。

没人当着尤斯特长官的面说这样的话,但是他也很清楚。即使坐在自己的花园别墅里,他也觉得悲哀。"这只是因为你被宠坏了,"卡罗利妮说道,"你有我和拉埃尔,我们都一成不变,你很难想象我们会有变化。你的老朋友一直都是那样,突然一天他像是变了一个人,你就觉得老年'迈着静悄悄的步子'走到了你身边。"

"事实是,"她的叔父对她说道,"事实是老哈登贝格从来就没有改变过。无论是给予还是索取,我一直都无法理解他。我称之为哈登贝格理论。但是一个人在倾听上帝的指示时,是不能抱怨的。"他用心地看了看侄女,然后说道:"卡罗利妮,你居然说自己一成不变,真是好笑。"

"但是,变也好,不变也好,你总是欢迎我留在这里,"卡罗利妮微笑道,"你总是这样对我说,你这一次不说了吗?"

"伊拉斯谟、卡尔、西多妮,告诉我,我该怎么想,"男爵夫人问,"我不太明白你们父亲说的话。施洛本不再属于我们了吗?"

"您尽管放心好了,"伊拉斯谟说道,"我们可怜的索菲只对回格吕宁根感兴趣。"

男爵夫人放心了,但同时也有点不高兴,这一点只有伯恩哈德注意到了,因为她觉得那句话可以算得上是对施洛本不满了。可能吗?那个女孩不想住在那里?"但是如果你父亲想要那样,"她说道,"她就得那样。"

第五十一章
1796 年秋天

*

到了 9 月,一辆辆马车就往耶拿城里运送过冬的木头了。马车行驶在小街上,上面堆得高高的树枝都擦到窗户了,树枝掉得满地都是,就像是鸟儿的栖息地一样。人行道上的井盖就被打开了,这些树枝统统被扫了进去。同时,人们也开始腌咸菜了,一桶桶的醋滚进了黑漆漆的地窖。每家每户都量体裁衣,准备好了醋和柴火。学生回来了,"妓女也回来了,"曼德尔斯洛夫人说道,"放假的时候,她们就到莱比锡或是柏林去碰运气了。"她们坐着朴素的四轮轻便马车回到了耶拿,她们并没有住在铁锹街附近的街道。索菲觉得失望,她很想看上一眼她们什么样。教职工也回到自己家里,宣布了这学期的各种计划。有免费的公共讲座,更多的是小班课堂,还有些是私人辅导,这种课程最昂贵。施塔克教授的妇科病课程就是私人辅导。

弗里茨还在滕施泰特，他收到了一封来自铁锹街的信，是他不认识的笔迹。但是看到签名，他就明白了，是威廉·曼德尔斯洛上尉，他从克莱门斯亲王的军团里请假回来了。他说，这封信是妻子让他写的。索菲本人不能长时间伏案写字，他的妻子忙着女人的事情没有时间（弗里茨心想，她们想要找点事情给他做），于是就由他来汇报病人的健康情况了。虽然上尉说索菲不能长时间伏案，但是索菲还是寄来了一张纸条，说她很好，只是有时候很不舒服，还送上了一千个吻。

到了11月底，上尉的假期满了，他必须回军团了，也许回去还让他松了一口气吧。他也许还可以总结说，自己在妻子眼中已经不再重要了。

施莱格尔一家和他们的追随者没有到铁锹街拜访，只是靠着迪特马尔勒给他们通报消息。而他也只能说索菲又发烧了，烧又退了，伤口外面又愈合了，伤口又裂开了，里面又流脓了。施塔克开出的鸦片酊剂量越来越大，迪特马尔勒一周就要来两次送药。

"希望你以后前途无量。"曼德尔斯洛夫人说道。到了圣诞节，她们就要回格吕宁根了，还要过索菲的生日，她的生日在3月。

"是的，到了春天，她就十五岁了，"迪特马尔勒对卡罗琳·施莱格尔说道,"无论是精神状态,还是身体方面,都还有希望。"

"我看不到希望,"卡罗琳回答道。"哈登贝格能够指望的就是她越长越老,看起来,这一点也指望不上了。"

迪特马尔勒心想,"我真是没有理由在耶拿继续待下去了,也没有理由跟这些人继续待下去,甚至都不要在这个国家继续下去了。我只需要某个重要人物的推荐。我也许可以去英格兰。"虽然布朗医生死了,但是迪特马尔勒觉得他的两个儿子还在伦敦行医。"至于我的母亲,我会按时给她寄钱,要不就带上她跟我一起走。"

第五十二章
伊拉斯谟来帮忙

*

"我最好的兄弟弗里茨,"伊拉斯谟说道,"让我来帮你吧。在我的任命下来之前,我在这里无事可做,只能碍手碍脚。让我护送索菲和曼德尔斯洛夫人回格吕宁根吧。"

动作要快,冬天已经到了,路面的情况很快就不再适合病人长途跋涉了。曼德尔斯洛夫人已经把所有必要的事情准备好了。她雇了一辆严严实实的马车,确保马蹄上钉上了防滑钉,就怕遇到结冰的天气。她已经把笨重的行李提前送回了家,拜访了施塔克教授的妻子,送给她一把切芦笋用的镀银小刀作为离别礼物,给了仆人们小费,语气克制地给施莱格尔一家去了一封信,还让温克勒太太在自己的肩膀上哭泣了半个小时。伊拉斯谟不需要做什么,只需要骑马陪着马车一路走,再者就是在马车停下来的时候帮个忙。伊拉斯谟长着圆圆的脸蛋,作为护送者,样子实在是不怎么样。距离格吕宁根还有十英里的时候，他就得骑马上前，通知她们快要到了。他的陪伴对索菲而言，虽然算不上什么，但多少还是有点用。但他真正的动机来源于人类最强烈的需求，就是要折磨自己。

第一天，他们出发晚了，只行走了十英里。到了梅林根的黑熊客栈，索菲直接就被抬到了房间。"她已经睡着了。"伊拉斯谟照看完行李，回到客栈大厅的时候，曼德尔斯洛夫人说道。曼德尔斯洛夫人已经请了客栈老板的侄女守候在索菲的房间里，如果有需要，就立马来叫她。

她终于坐下休息了，一边是跳动中的烛光，光影交错，另一边是燃烧的火炉，上面是拱形大壁龛，需要烘干的靴子和需要烤热的盘子，都放在上面。她面容坚定，火光照耀在她的左脸上，仿佛是镀上了一层金色，一时间，伊拉斯谟觉得她看起来都不像是曼德尔斯洛夫人了。

"饭已经准备好了。"她说道。伊拉斯谟心想，她是一个神圣的战士，是战场上坚定的天使。

"我去过厨房了，"她继续说道，"有炖猪蹄、梅子果酱和面包汤。"

"我吃不下。"伊拉斯谟说道。

"好了，我们是萨克森人，即便心都碎了，我们还是能做出美味佳肴。"

伊拉斯谟叹了一口气。"至少到目前为止,旅途没有让她的病情加重。"

"没有,没有加重。"

"但是,疼痛——"

"如果能够代替她,我就代替她痛了,"曼德尔斯洛夫人说道,"人们常常这样说,但往往都不是真心的。而我是真心的。但是祈求不能实现的事情就是浪费时间,我们要对浪费的时间负责。"

"岁月让你领悟到了哲学。"

他惊奇地看到曼德尔斯洛夫人微笑了一下,她说道:"你觉得我多大了?"

他支吾了。"我不知道……我从来没有想过。"

"我二十二岁。"

"我也二十二。"他沮丧地说道。

第五十三章
拜访克格尔老师

*

在格吕宁根,冯·洛肯提恩并不怎么受爱戴,但是大家都怀念他的笑声。他是一个没有心机的人,还是像以前一样生活,张开双臂拥抱他的朋友,吹着口哨带着狗出去打猎,但是现在就像是某个机能坏掉了一样,没有了笑声。

他到城里去拜访了克格尔老师,这一点也不奇怪。他一直都是这样,他要找一个人的时候,总是等不及别人过来。这一次奇怪的是他妻子跟他一起去了。洛肯提恩夫人一直都很慵懒,换一个好点的词,那就是平静。然而,这一次马车开到了结霜的前门车道,两个人都进去了,洛肯提恩先生一屁股坐在了垫子上,弹簧晃动得厉害。

"那天天气也是这样,"他说,"塞莱斯廷·尤斯特第一次把哈登贝格带到了我们家。"

"我觉得那天在下雪。"洛肯提恩夫人说道。

自从退休之后，克格尔老师就在收费图书馆旁边的一栋小房子里，跟他住在一起的只有他的书。克格尔老师祝贺洛肯提恩先生，祝贺他的继女平安从耶拿回来了。这一地区所有的人都想念索菲小姐呢。他真诚地希望索菲小姐的健康正在恢复之中，但是他一点也不急于去格吕宁根城堡。

"你要求我教的东西，我都教过了。我已经做到了问心无愧，可是结果却全都不如人意。到目前为止，我还没有教过你最小的两个孩子，但是在我看来，可怜的索菲小姐既然已经病了，就绝对不要尝试学什么东西。她身体好的时候，学着都那么困难，我觉得很不妥，简直就是胡闹。"

"但是，这是她希望的。"洛肯提恩说道。

"那她想要学什么呢？"

"我想她想要学一些值得炫耀的东西，"洛肯提恩急切地说道，"或者，我应该说有价值的东西才对，能够吓到她未婚夫的东西。"

"我教不了任何可以炫耀的东西，"老师看着自己四周朴素的陈设，"也许我可以趁这个机会说一句，我认为你们家一直都太宠冯·哈登贝格了。"

"所有的年轻人在我们家都受宠。"洛肯提恩可怜兮兮地说道。他觉得克格尔马上就要斩钉截铁地拒绝自己的请求了。洛肯提恩夫人一直都没有吭声,这时也没有吭声。有可能她脑子里什么都没有想。洛肯提恩夫人从椅子上站了起来,克格尔专注地看着他,微微点了点头,说如果没有另外的通知,他就下个星期三到城堡来拜访。"但是,我不希望妨碍到任何治疗。"

"你不用担心这个,"洛肯提恩对他说,"现在是朗格曼在负责索菲的治疗,他开出的药方只有山羊奶。"

接手埃布德医生进行治疗的朗格曼医生是那种老派的和蔼医师,格吕宁根每个正派的人家都知道他。他个人认为,耶拿的医生是在毒害索菲小姐。等到春天的时候,山羊奶就到了最好的时候,那时索菲小姐就康复了。

第五十四章
代数和鸦片酊一样,都能镇痛

*

在魏森费尔斯,大家都在谈论中立会议,这场会议差点就在镇上举行了,结果到了最后却没有,让商人们很是沮丧。大家还谈论普鲁士的灾难,谈论圣彼得堡巴比伦老妓女的死亡,还谈论哈登贝格的未婚妻。但是弗里茨本人已经不再跟老朋友会面了,没有见布拉赫曼一家,甚至连弗里德里克·泽韦林也没有见。"他没办法跟人友好相处,"西多妮对他们说,"办公室的工作一结束,他就直接回自己的房间。你在外面尽管敲门好了,他就是不开门。他躲到了精神的世界里。"泽韦林回答说,有很多不一样的精神世界。"弗里茨在研究代数。"西多妮说道。

"代数和鸦片酊一样,可以镇痛,"弗里茨写道,"但是研究了代数,我更加确认哲学和数学,就像是数学和音乐,都讲同一种语言。当然,这还不够。我迟早会看明白的。有了耐心,钥匙就会打开这扇门。

"我们认为自己知道掌控我们存在的规律。也许一生当中有一两次机会,我们得以窥见它们背后有一套完全不同的体系在运作。有一天,我在里帕赫和吕岑之间的某个地方,正在读书。就像是手触摸到了一样,我明确地感到了永恒。当我第一次走进滕施泰特的尤斯特家里,我觉得那栋房子光彩照人,甚至连绿色的桌布,还有装方糖的碗都是流光溢彩。当我第一次看到索菲,仅仅十五分钟,我就心有所属。我说房子光彩照人,拉埃尔反驳了我;我爱上了索菲,伊拉斯谟指责我,但是他们都错了,他们两个人都错了。在魏森费尔斯的墓地里,我看到了一个男孩,还没有成年,他站在一片没有挖坑的绿色空地上沉思,昏暗的光线下,这样的场景安慰人心。哪怕我的生命明天就走到了尽头,这些都是我人生中真正重要的时刻。

"事情就是这样,我们是这个世界的敌人,我们是这片土地上的外人。我们对世界的理解就是一种疏远的过程。通过疏远本身,我日复一日地得以谋生。我说,这是生活,但那是死亡。我是一位盐务督察,那是岩盐。我走得比这更远一些,再远一些,说这是觉醒,那是梦,这个属于肉体,那个属于精神,这个属于空间和距离,那个属于时间和持续。但是空间蔓延出来,进入了时间,就像肉体进入了灵魂,所以不能用这个来衡量那个。我想要努力寻找另一种衡量方式。

"因为索菲病了,所以我更加爱她。疾病、无助本身就招人疼爱。如果上帝不需要我们的帮助,我们就无法感觉到自己爱上帝。但是那些身体健康的人,不得不站在一旁,无事可做,这样的人也需要帮助,也许甚至比病人还需要帮助。"

第五十五章
克格尔老师上课

*

索菲的房间拥挤得很：空气浓厚得像葡萄酒，而且还吵得很，小家伙们正在比赛谁的嗓门更尖。乔治捏着嗓子在模仿一个人，又学着那个人的声音模仿笼中鸟儿无知的叫声。

"这么乱，我没法上课，"仆人把他带进房间，他就大声说道，"请至少把这五条狗牵出去。曼德尔斯洛上尉夫人在哪里？"

"我的继父请她到楼下的办公室，帮他整理事情去了。"乔治说道。

"啊，乔治。有些日子没有见到你了。"

索菲披着披肩躺在小小的长沙发上面。

"唉，亲爱的老师，乔治刚才，他刚才在——"

"他刚才在模仿我。我一走近，就听出来了。"

乔治从学校里回来过圣诞节，他已经是个管事的大孩子了。此刻,他的脸涨得通红。笼子里的鸟叫声变成了不满的呢喃低语。

"小姐,你受了很多苦,而且还要受更多的苦,对此,我表示慰问。"这位老人说道。接着他就转向小孩子说道,"你们一点也为不自己的姐姐考虑吗?你们难道看不出来,她和以前很不一样了?"

"最开始我们也觉得不一样,"米米说道,"但是现在我们都不记得以前她是什么模样了。"

克格尔心想,记不起了,这些孩子真幸运呢。

"让他们留下吧,他们一定得留下,"索菲大声说道,"唉,您不知道在耶拿我们有多无聊,最开始的时候还好。既然我现在回家了——"

"你不想见哈登贝格?"

"我们不知道他什么时候来,也不知道他会什么时候走,"乔治说道,"他就是这家里的人,不需要提前通知我们。"

老师对保姆做了个手势,把米米和鲁迪带走了。他自己拿起一张披肩盖在了鸟笼子上面,鸟儿还是惊慌失措,喃喃低语。接着他就在长沙发尽头的一张椅子上坐了下来,掏出了一本书。

"我的老天爷,老师,我的初级课本!"索菲尖声叫道。

"不是的,这是高级课本,"他说道,"讲的是古罗马人,或是他们中的一些人对友谊这个话题的看法。"

"您能来,真是太好了……"索菲努力说道,"我想要您原谅我……我不想伤害您的……我现在不大笑了,至少不能像以前那样笑了。"

"我的感受一点也不重要。如果我在乎自己的感受,我就不应该当老师。"

曼德尔斯洛夫人站在了门口。"你不知道吗?索菲无论如何现在不能笑,也不能哭。只有等伤口完全愈合了才能笑,才能哭。"

"我发誓,我一点也不知道。"乔治非常难过地哭了起来。

"我肯定你不知道的。"老师说道。

"我太蠢了,"索菲突然说道,"我在这个世界上没有多少用。"

洛肯提恩跌跌撞撞地跟在曼德尔斯洛夫人后面,也走了进来。"我是来听课的。"他越过曼德尔斯洛夫人的肩头叫道。考虑到这是病人的房间,他觉得自己还压低了嗓门呢,"希望自己能有所收获。"

"所有听课的人都会有收获,"克格尔说道,"但是对于索菲小姐来说,半个小时就足够了。"

"我就是这么对他们说的。"洛肯提恩说道。

"您对谁说了?"

所有的人,从办公室一路走上来碰到的人,他似乎都说了——有米米和鲁迪,他们的保姆;一位年轻的男仆;两个孤女,没人知道她们的名字,这家人出于善意,让她们在被褥管理室做工;还有送羊奶的男孩,平时他都不进房子的。这位先生慷慨地鼓励他们都来听课,对他们说这次机会不可失,失不再来。"我自己也不太清楚西塞罗对友谊的看法。"索菲伸出胳膊,欢迎所有的人。她的笑声和咳嗽声就淹没在一片吵闹声中了。小狗们争先恐后地跳了回来,耷拉着耳朵,跳上沙发舔她的脸。

克格尔老师合上了书。"这些人生来就是为了感受快乐的。"他心想。

1797年的3月初,弗里茨有十天的正式假期,他就待在了格吕宁根。他问索菲:"我最亲爱的智慧,你睡得好吗?"

"哦,是的。他们给我用了药。"

"黑夜是一种黑暗的能量。"他说道。

"哦,我不害怕黑夜。"

到了3月10日的晚上,他对曼德尔斯洛夫人说道:"我应该留下吗?"

"你必须自己做出决定。"

"我可以见她吗?"

"不行,现在不可以。"

"待会儿呢?"

曼德尔斯洛夫人似乎做出了某种决定,说道:"现在还是没有愈合。昨天,他们告诉我们,要让伤口保持裂开的状态。"

"怎么做?"

"用丝线。"

"要保持多长时间?"

"我不知道要多长时间。"

他又问道:

"我应该留下来吗?"这一次他还是没有得到回答,他大声叫道:"亲爱的上帝啊,为什么会有你这样霸道的女人,一个伪装成女人的士兵挡在我和我的索菲中间?"

"你不会想看伤口的,"曼德尔斯洛夫人说道,"但是我不会因此而责怪你。"

"你不责怪我的事情,我不想听。我是走,还是留下?"

"我们之前谈论过勇气。"曼德尔斯洛夫人提醒他。

"我们都觉得勇气是一件不能绝对衡量的东西,"弗里茨说道,"伯恩哈德从我们身边跑开,跑到了河边,他是有勇气的。母亲到花园里来见我,也是她的那种勇气——"

"什么花园?"

"在美因茨,在军团的时候,卡尔身上着火了。你也是,三次手术都在场。还有我的索菲——"

"这不是竞赛,"曼德尔斯洛夫人说道,"不管怎样,往回看无济于事。你能为她做什么?在这个房子里,你只需要问自己这个问题。"

"如果他们允许我照顾她,虽然你不相信,但是我真的可以做得到,"弗里茨说道,"是的,我是懂一点护理的。"

"如果你留下,也不需要你来护理,"曼德尔斯洛夫人回答道,"需要你来撒谎。"

弗里茨沉重地抬起了头。

"那我该说什么?"

"我的上帝啊,那你每天都要对她说——'索菲,你今天早上看起来好一点了。是的,我觉得好一点了。很快你就可以去花园坐坐了。只需要天气再暖和一点,就可以了。'"

她说这话的时候,就像是第一次排演的演员,没有感情。弗里茨恐惧地看着她。

"如果我说不出来这样的话,你会认为我是一个懦夫吗?"

"我对懦夫的定义非常简单。"曼德尔斯洛夫人说道。

片刻之后,弗里茨大声叫道:"我无法对她撒谎,就像我无法对自己撒谎。"

"我不知道一个诗人会对自己撒谎到什么样的程度。"

"她是我心灵的向导。她知道的。"

曼德尔斯洛夫人没有回答。

"我该留下吗?"

她仍然不说话,弗里茨突然走出了房间。他要去哪儿?曼德尔斯洛夫人不知道。对于男人而言,这个问题就简单多了。如果女人有了悬而未决的事情,她会到哪里一个人待着呢?

索菲听说哈登贝格回魏森费尔斯了,有些失望,但也不是非常失望。他不得不走了,而他在的时候,自己也因为身体的原因无法见他。如果她醒着,她就会注意听有没有弗里茨的马从马厩里被牵出来走到前门的声音,而弗里茨现在已经不再骑高卢那匹马了,她总是能听出高卢脚步拖沓的声音。有时,弗里茨已经快要走了,又翻身下马,跑回来,穿过大厅,两三下就冲上两截楼梯,这对弗里茨来说不算什么,弗里茨就会冲进她的房间,再次对她说:"索菲,你是我的心上人。"

那天晚上不是这样的,他没有回来。

3 小时 45 分钟的路程,他回到了魏森费尔斯,中途在伏里堡休息了一下。魏森费尔斯外面的菜地光秃秃的,月光下,只看得见冬白菜的茎秆。城门已经关闭了,弗里茨晚归,付了罚款,骑着马慢慢朝父亲的房子走去。

这是大斋节[1]的第一周,修道院街上只有几盏灯还亮着。家里,父亲和母亲已经睡下了。伊拉斯谟是家里惟一还没有就寝的。

"我不能留下——"弗里茨对他说。

"我最好的兄弟——"

---

1 大斋节亦称"封斋节",是基督教的斋戒节期。

后记

*

3月19日,早上10点半,索菲死了,她的十五岁生日才过两天。两天之后,弗里茨在魏森费尔斯得到了消息。索菲的一个姐姐也写信通知了卡罗利妮·尤斯特,信中描写到,"在她的幻觉当中",她一直都觉得自己听到了马蹄声。

索菲死后,弗里茨成了著名的作家。1798年,他对朋友们说,以后他要用诺瓦利斯这个古老的家族名字写作,这个名字的意思是"清扫新土地的人"。以诺瓦利斯为名,他出版了《夜之赞歌》,创作了一系列的作品,有些完成了,有些则是零零碎碎的手稿。现在被称作《海因里希·冯·奥弗特丁根》的蓝花故事,则是没有完成。

1798年12月,弗里茨跟朱莉订婚。朱莉是约翰·弗里德里希·冯·卡彭特顾问、弗莱贝格矿业学院数学教授的女儿,时年二十二岁。弗里茨在盐矿理事会干得很好,后来被任命为图林根的后备地方法官。他给弗里德里希·施莱格尔写信说,前方有非常有趣的人生在等待他。"然而,"他又说道,"我宁愿自己是死了。"

18世纪90年代,哈登贝格家的年轻人都毫无抵抗力地染上了肺结核,一个个地都倒下了。伊拉斯谟开始咳血,但他坚持说只是自己咳得太厉害了,把血咳出来了,他死于1797年的耶稣受难日。西多妮一直挺到了二十二岁才去世。到了1801年年初,弗里茨回到了魏森费尔斯的父母家,他之前就一直都有肺结核的症状。他躺在那里奄奄一息,他请求卡尔为他弹奏钢琴。弗里德里希·施莱格尔来看他,弗里茨对他说,他已经把蓝花的整个写作方案都改了。

1800年11月28日,伯恩哈德淹死在萨勒河。

1812年,在斯摩棱斯克战役中,乔治战死,当时的军衔是中尉。

弗里茨死后一年,卡罗利妮·尤斯特嫁给了自己的表弟卡尔·奥古斯特。

1800年,曼德尔斯洛夫人和丈夫离婚,嫁给了一位叫冯·博泽的将军。她活到了七十五岁。

弗里茨刻有"索菲是我心灵的向导"的金戒指现收藏在魏森费尔斯的市政博物馆。

附录

佩内洛普·菲茨杰拉德在一篇题为《简历》的自传体小短文中写道,她可以"老实地说,只要在夏天剥豌豆,就会想到罗斯金和外祖父"。外祖父和她的祖父一样,都是主教,他出生贫寒,"几近一无所有"。祖父受了罗斯金的影响,他会用"饶有滋味"的语言来描述剥豌豆的快乐——"'砰'的一声是成功的开头,新鲜的颜色,清新的气味,豆壳里面是一排鲜嫩的豌豆,拇指娴熟地把豌豆挖出来,翻到旁边的容器里面,一种快乐的享受。"

这样的描写中既有动作,又有精神上的感受,总是让佩内洛普·菲茨杰拉德感受到演奏音乐、解决数学难题,或是成功写出一个满意的句子的心灵震撼。而且这样的描写兼顾了真实:既有实际的描写,也有感觉的描写,有审美,还有比喻。

就在这篇文章中,佩内洛普·菲茨杰拉德是这样写自己的,"嗯,他们就是我的祖辈,我不想辜负他们。我想过要成为音乐人,我想要成为数学家,最重要的是,我想过永远不要撒谎。"很有意思,她说到数学家的时候,用的是"想要",仿佛成为数学家更有希望,而其他的都是"想过",就已经直接打消这两个念头了,也就老老实实地承认永远不说谎是绝对不可能的。至于不辜负他们……

《蓝花》(1995)是她的最后一本小说,其他的小说家,还有我,都给了这本书很多溢美之词,比如说"杰作"和"才华横溢",这些词既不准确,也笨拙。这本小说讲的是哲学家和诗人弗里德里希·冯·哈登贝格(1772—1801)短暂而光辉的一生,哈登贝格后来用了"诺瓦利斯"这个名字,写下了《夜之赞歌》(*Hymns to the Night*)和小说《海因里希·冯·奥弗特丁根》(*Heinrich von Ofterdingen*),里面就提到了"蓝花",对于这位哲学家和诗人而言,这是一个非常重要的概念。他还写了很多其他作品,他在作品中努力(用过于简单的语言)调解可观察的现象和神圣原则之间的关系。

"数学以一种所有人都能认知的模式展现了人类的理性。为什么诗歌、理性和宗教不能成为更高形式的数学呢?所需要的就是共同语言的语法。"菲茨杰拉德把这些想法装进了哈登贝格的脑袋里,这本书中的哈登贝格在诗歌、理智和心灵中发现了接近于共同语言的东西。

哈登贝格是一个大家庭的长子,最开始是个迟钝的孩子,后来变得非常聪明。他的人生充满了各种转型的片段，从黑暗到光明，又从光明到黑暗。菲茨杰拉德多次营造出了在黑暗中寻找光明的效果，在菲茨杰拉德的笔下，这本小说呈现出了绝对的浪漫人生。她在这本书中成功地保留了德国色彩，留心了会发现，但是并不突兀，比如说，一些名词前加了冠词；也出现了一些德语的单词或是短语，但都是可以猜得出意思的。

佩内洛普·菲茨杰拉德会教读者怎么来读懂她，从而提升了读者。她慷慨地拿出了大智慧来帮助读者理解她最谦逊的主人公。她着笔不露痕迹，绝不会只为了预示某个事件而浓墨重彩。看到她的手稿，感觉就如看到这本完成的作品一样：圆润的斜体字，每个字都整齐地排列在稿子上，就像是算盘上的珠子，严格地履行着自己的职责。可这些珠子又像豌豆一样鲜活，要播种。豌豆发芽了，生机盎然，柔软的枝条不断地延伸，顽强坚韧，等到收获了，晒干了，这些豌豆就像冰雹砸在窗户上，砸向了读者的脑袋。她并不追求遍地开花的效果，她很少让读者惊讶，即便有，也会大量地通过沉默、掩饰或是顾左右而言他进行控制。

哈登贝格是十八世纪晚期萨克森地区的一个小贵族，人生机会有限。他的家族有产业，有房子，能分配到足够的制衣布料，有职责，有些唠叨，还有慷慨的习惯，但是没有钱。父亲是虔诚的摩拉维亚教徒,这一群体秉承以基督为中心的精神氛围,情感单调乏味(用佩内洛普·菲茨杰拉德舅舅罗纳德·诺克斯的话来说),"不用英语,用德语,听起来才能没有那么痛苦",始终如一站在耶稣身边。

而其他激动人心的思维模式并不是遥不可及。哈登贝格多处求学,耶拿就是其中之一。在耶拿大学,歌德就那么一目了然地走在面前,一个四十多岁的老人。谢林[1]、黑格尔和荷尔德林[2]住在一起。哲学家费希特和浪漫主义者施莱格尔给哈登贝格上过课。将费希特风格浪漫化是学生的风尚。一次还发生了决斗事件有人被砍掉两根手指。弗里茨学医的校友迪特马尔勒让他把残指妥善地保管在自己的嘴里,这可是最理想的容器。其中一个指头上还有一枚厚重的戒指。你难道感觉不到那枚戒指吗?作者把最最主观的感受传递给了读者。

哈登贝格被送到塞莱斯廷·尤斯特长官那里去学习如何管理盐矿,学习除了做一个乏味的作家和学者,该如何谋生。在这个时候,他已经断断续续地有了一种转变的感

---

[1] 谢林(1775—1854),德国哲学家,德国唯心主义发展中期的主要人物,处于费希特和黑格尔之间。
[2] 荷尔德林(1770—1843),德国浪漫派诗人,与谢林、黑格尔为同窗好友。

觉,那就是美落在何处,何处即是美;一切都在照耀之下。

为了给 L. P. 哈特利这个人物收集资料,佩内洛普·菲茨杰拉德采访过克拉里公主,后者说,"亲爱的,你怎么能写出一个作家的人生呢?如果他参与过政治,如果他在战争中指挥过军队,这都是一种人生,但是作家的人生是什么样的呢?"

弗里茨跟随尤斯特偶然拜访了一个跟自己家一样的大家庭,但是这个家庭有更多的欢笑,这一次拜访改变了弗里茨·冯·哈登贝格的人生。

他爱上了年仅十二岁的索菲·冯·库恩。我们最开始看到她,真是一个普通得不能再普通的女孩,站在窗户边上,希望能有什么事情发生,即使是一场雪也好。

后来,我们看到了索菲的全部:她不虔诚,长得一般,贪吃,喜欢粗俗和下流笑话。她的头发很好,有一双黑色的眼睛,她的头发和眼睛颜色就像是拉斐尔二十五岁时自画像里的。我们从未怀疑过她的情人对她的那种脱胎换骨的真爱。在这种非理性又与日俱增的爱情中,我们也开始明白,开始关心。这本小说不长,诱导读者把很多东西都解读为爱:和大家庭的爱,和孩子的爱,和"命中注定的那一个"的爱,"另一个"的爱,爱上一个想法,爱上思想，爱上自然。

蓝花象征的是能够将个体自我和更广大的外部存在相连的、难以捉摸的东西。而这部小说就是对抽象进行思考的具体解读，两者正好等同。《蓝花》为读者构建了一朵蓝花。后来，哈登贝格称呼索菲为他的智慧。这对于一个有着形而上思考的小说家而言，肯定是无法抗拒的概念和具化的交合点。

"既然我不可救药地迷上了写短故事，我就必须确保每一次冲突、每一次对话，都同我想要表达的小说内核相关。"佩内洛普·菲茨杰拉德这样写道。三年后，她就去世了。她每写下一个字就像是在夜空中安放了一颗星星，无数的星星，每颗都有自己的位置和名字。她非常清楚为什么要这样，但是她怎么会如此有感觉，还能把它写下来呢？

佩内洛普·菲茨杰拉德有个节俭的习惯，她总是把家人的毛线衣物拆了又织，织了又拆（"我把那双最好的红手套拆了，现在正在给你织起来呢！"她在1972年给女儿玛利亚的信中写道）。这个"织起来"肯定是莎士比亚风格的。"织起来"就是她专注的状态（如果称之为研究就太简单了）和她写小说的状态。

她具化，她暗示，她让物质的身体有了生命，散发出形而上的思考。星星以各自的形态,从粉末(诺瓦利斯的第一本书《花粉》,德语是"Blutenstaub",一种内容丰富的粉末)到光亮,从雪花状,到更为方正的盐晶体,跟随着悄然而至的霜花,来到了阳光底下,"大键琴的声音生机盎然"。还可以看到死亡在年轻生命中疯狂的熵减,燃烧殆尽,一颗明亮的星星消失了。剧烈的咳嗽,距离肺痨死亡就不远了。文中有捕捉、描述、转换、熄灭或是调节(用柏树的影子)灯光的文字,也有同样多的描写是关于黑暗或隐藏的,这种黑暗和隐藏或是社会的,或是让人恐惧的解剖——肿瘤在黑暗的肉体中聚集,鲜血等着喷射到亚麻布上。作者忠实地勾画出这种从光明到黑暗,从黑暗到光明的镜像。

虽然德语中想象力这个词是"Fantasie[1]",但这本书不是幻想出来的,也不是编造出来的,也没有"拔高"。这样的题材,放到散文匠师的手里,如果想要营造出一种心情或是情绪,就很难避免那种紧张而拿腔拿调的感觉。但是这本小说丝毫没有这种匠气,我们渐渐走过他们的秋天和"初冬",然后轻轻地就被带入了深深的悲哀中。她从人生轻如羽毛的细节中拔出了生命,就像是滕施泰特的

---

[1] 有幻想的意思。

那只鹅，在被宰掉拔绒毛前，已经被活活拔了两次毛。

正如佩内洛普·菲茨杰拉德在《夏洛特·缪和她的朋友们》一书中写道的那样，"疾病晚期大大地简化了日常的生活，所有的事情都沦为了希望与希望的对抗。"一种人生变得激烈的感觉，我们在经历灾难后，会发誓保持这种感觉，菲茨杰拉德在写作中，成功地让这种感觉保持了活力，而且还做到了惬意悠闲。

这本书的结构就如星星聚集构成了星座。五十五个章节，每一个章节都不长，有发生的事情，将要发生的事情，每个人物不可避免的将来展现在我们面前，我们看到了星星曾经的位置，看到了星星可能会去的位置，我们观察这些星星，一篇小说就构成了。我们的理解力超过了自己的认知，小说的作者充分信任我们可以做到这一点，一个个的人物走向自己的命运，我们感觉到疼痛在逐渐增加；突然，我们有了"一直都知道"的感觉。等到再次阅读，我们有了一种强烈的冲动，想要力挽狂澜。理智上我们虽然不知道他们的命运，但是潜意识中，我们是被作者告知了的，作者饱满地想象了每一个角色；就像我们每个人一样，每个人都有自己限定的寿命，每个角色都走在自己的命运途中。

这些都是曾经活在这世上的人，不是虚构的人物，除非作者是一个有着丰富想象力和学识的人，否则这一点就会成为障碍，而非帮助。把骨头碾磨成面粉，做成小说的面包，往往会让读者如鲠在喉。这就是为什么会有那么多人对"历史小说"不屑一顾。这本小说还嘲弄了一些没有想象力、自诩为现实主义者的人，他们觉得艺术家都是狡猾的魔术师。

《蓝花》这本书中有些情况非常突出。时间不等人。你肯定十四岁就订婚了，二十一岁的时候就因为护理和婚姻筋疲力尽，到了二十八岁就没人要了。男人的时间也紧张。结婚的女人每年都在生小孩；在这个过程中，有些孩子就死掉了。未婚的女孩怀孕了可以找"堕胎者"解决问题。天使或是以兄弟的形象出现，或是以心灵的形式出现，或是带来恼怒，或是带来安慰。弗里茨看见了心灵的天使，而另一个以兄弟形式出现的天使，弗里茨有时则是希望他不要这么精力充沛，不要这么惹是生非；弗里茨并不希望自己的愿望实现，但是却实现了。正如后来他所说的那样。"如果故事的开端是发现，结尾肯定是寻找。"

在这本书里，孩子们并没有含混不清或是结构不全地说话，而是讲出了他们的思想；大革命在法国如火似荼地进行，波拿巴在创造他的时代，这样的世界里没有时间让孩子们模模糊糊地说话。正如菲茨杰拉德在《天使之门》

(*The Gate of Angels*)中写道的那样,对于弗里茨六岁的弟弟伯恩哈德,思想就是鲜血。

伟人遭到了戏弄。在那个世界里,内衣是要清点数目的,考虑到歌德害怕吹风,他就穿了两件外套。得了重病濒死的索菲·冯·库恩也免不了有闲话,她什么都说不出来,最后"鼓足了勇气,说了一句耶拿这个城镇比格吕宁根大"。面对弗里茨的弟弟伊拉斯谟,歌德谈论到索菲的时候,言语精辟,却有点诡异。这位伟大的诗人可能忘记了爱情有着脱胎换骨的本质,因为爱情,一个吃土豆长大(或是吃面包黄油长大)的女孩可能成为一个男人心中永恒的星星。他"读"不懂伊拉斯谟在乎的不是自己的哥哥弗里茨,而是弗里茨的未婚妻,因为歌德也爱上了索菲。这部小说中有多余的爱和无果的爱,揪心。不想伤害所爱之人的感情会怎么样呢?卡罗利妮·尤斯特则是让人看到了这一行为的孤独后果,让人心寒。她深爱着弗里茨,可是弗里茨不爱她,她不想让弗里茨痛苦,就爱上了一个不存在的人。

但是他们是萨克森人,即使心碎了,也要好好吃上一顿。文中详细列出的食物似乎有别的含义,就像是预言一般,不同的季节有不同的食物:深色的樱桃,就像黑暗中的树叶或是棕鸟;做樱桃酒的酸樱桃是颜色最深的;用薄荷调味、火辣辣的烧酒，反而更适合用来煮猪脖子脂肪、猪耳朵和猪鼻子。

"在她转过身来之前，请让时间停止吧，"弗里茨第一次看到所爱之人的时候是这么想的，跟他的心跳合拍。在这样季节性的、虔诚的、简略的生活中，音乐是不可少的；我们在弗里茨和索菲的订婚宴上甚至听到了有三个脚踏板的钢琴（也许还没有发明出来）声。

在青岑多夫的赞美曲和巴赫的音乐之间，穿插了一首无法辨认的曲子，这时作者突然闯了进来，用第一人称赞美了这首曲子，那一瞬就好像我们让一个秘密进入了另一个秘密；我们听到了鬼魂的声音，看到了鬼魂的存在。但是我们不知道它是什么东西。我们只知道，如果我们能进一步发展想象的能力，我们就能看见，虽然只是那么一瞬间，我们就能非常清楚地看到"有些东西"。我们在寻找蓝花。

现在，我们可能已经开始怀疑它的本质；我们说，死亡是不可改变的，而又觉得有其他的可能，觉得可以从黑暗转入光明，这是在说什么呢？不是黑暗转入了自己的光明吗？

另外一种思维方式并不一定就跟耶稣有关。我们的小说经常讽刺神职人员，但是在这本书中这种意味并不浓厚；书中首先讽刺的是懒惰、虚伪和冷酷的医生，他们残忍，居高临下地说着伪善之词，被讽刺的还有那位房东太太，喜欢品尝别人的痛苦，在索菲的痛苦之际，作者抽身而退，而读者无法逃脱地想象了索菲的痛苦，房东太太从这种痛苦中得到了满足。作者大手笔地让读者准备好了想象力，我们被扔进了自己的想象中，我们畏惧，我们痛苦，我们不相信，我们接受了，然后继续读下去。

没有一个角色卡在了作者给他设定的地方。他们在行走，地板嘎吱作响，他们在呼吸，窗户上结上了水雾，他们活着，他们相爱，他们死亡。索菲不断裂开的伤口被打开了，要用上一条丝线，来保持伤口开裂的状态，来挤出其中的毒液。床单的中间磨损了，就要剪开，把两边的布料挪到中间，床单已经变成了比白色温和的颜色，透过床单，都可以看到夏日的烈阳，这些床单的寿命甚至是超过了我们在第一章洗衣日碰到的那些人。

书中并没有自怨自艾的悲哀语调，也没有角色的突兀展示。没有刻意雕琢的观点；一切都很鲜明，让光线照进来。索菲看到了某样亮闪闪的东西，她的第一波痛苦来到了。作者用外科手段，让我们阅读的伤口一直处在鲜血淋淋的状态。她不提供审美，在她的笔下，我们看到的只是明确和美。

最后一次看望即将去世的智慧后，哈登贝格朝家的方向走去。他回去的时候已经晚了。"弗里茨晚归，付了罚款。"

这就是我们要一次又一次支付的罚款，爱的代价。

菲茨杰拉德没有辜负祖辈。

坎迪娅·麦克威廉[1]
2013 年

---

[1] 坎迪娅·麦克威廉（Candia McWilliam, 1955— ），苏格兰著名作家，曾任 2006 年布克奖评委。